彩云之南

探访中国西南边陲的神秘之地

[美]比尔·波特 著　马宏伟 吕长清 译

四川文艺出版社

readers-club

北京读书人文化艺术有限公司
www.readers.com.cn
出　品

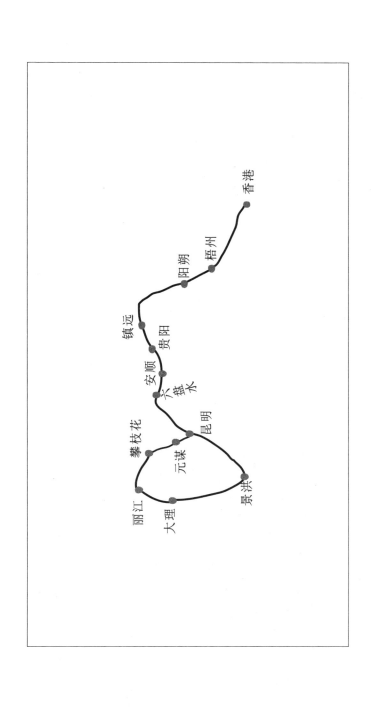

香港

梧州

阳朔

镇远

贵阳

安顺

六盘水

昆明

攀枝花

元谋

景洪

丽江

大理

序

　　二十多年前，我在香港一家英文广播电台工作，为了给电台筹备一档旅游节目，我提议到中国内地去旅游一番，然后根据自己的旅游见闻做成每期仅两分钟的旅游节目。于是，在先期完成寻找中国母亲河源头的"黄河之旅"后，我又一次踏上中国这片既熟悉又陌生的热土，去探访生活在中国西南边陲的神秘的少数民族部落。

　　之所以进行这次以少数民族人文地理和民族风情为主题的"彩云之南"的旅行，是因为我在哥伦比亚大学进修人类学时就已经对中国的少数民族产生了浓厚的兴趣。那时，我便得知在中国广大的西南地区生活着壮族、瑶族、布朗族、苗族、侗族、布依族、基诺族、彝族等二十多个少数民族。

　　我从香港出发，经广东、广西到达贵州、云南，一路上不断探访这些地区的少数民族及其历史。这些少数民族大多居住在高山地区，且部落周围的水电暖等基础设施严重不足，而且通往各部落的大多是不能通车的山路，他们基本过着与世隔绝的生活：简单的生活设施，简朴的生活方式，丰富多彩的民族节庆活动，各具特色的民族服饰……

　　我每次进寨都是爬山路或者在向导的带领下走小路前往，有时也会在当地少数民族家中借住一晚，通过与主人面对面的交谈和对他们实际生活的体验，以及听他们讲述本民族的历史神话传说，深层次地了解这些民族的饮食起居、历史文化与民族风情。

　　有意思的是，这些少数民族中（比如苗族和瑶族）他们关于本民族祖先起源的神话传说在很多方面都是相同的，但又各具特色。他们与汉族一样，都认为"女娲"是大家共同的母亲，但西方社会则把"女娲"异化为男人，即基督教中所说的"诺亚"这个在大洪水到来之前根据上帝指示建造方舟躲避灾难的男人。

　　此次旅行发生在二十多年前，不知道我探访过的那些地区的人们至今的生活状况如何，兴许我的这本游记将成为记录中国少数民族二十多年历史变迁的壮丽诗篇。

Bill Porter

2013年初春

目 录

/第一章/

梧　州

二十年前①，我开始关注中国，并收集了一批有关这个"中央王国"的书籍。其中，我最喜欢的是张其昀②编纂的一部历史地图集。张其昀是中国最负盛名的地理学家之一，也是最早获得哈佛高等学位的中国人之一，后来担任中华民国的教育部部长。他晚年不甘赋闲，在阳明山创建了中国文化学院。我曾有一个学期在此蹲"学术监"，也正是在这里，他在每年一度为研究生举办的茶话会上，将自己编纂的地图集介绍给我，另外还有他所创作的一套贯穿中国五千年文明的著作。

张其昀的历史创作手法，是把历史事件和人物置于时间和空间的背景之下。为了对这个上演了国家历史剧的舞台有更好的理解，他几乎走遍了中国的每个角落。而今天的历史学家过于学有专攻，他们如果能够看到图书馆窗外的树，就已经很幸运了。

---

① 作者此次"彩云之南"之旅发生在 1992 年，书中涉及的时间皆以 1992 年为参照。——编者注

② 张其昀（1900—1985），字晓峰，浙江宁波鄞县人。——编者注

近来，我又翻出了张其昀的地图集，发现古代中国最后一片纳入其辖制的地方是西南地区，就是中国人所称"彩云之南"的云南地区。具有讽刺意味的是，将这个地区最终纳入中国的版图，并对马可·波罗这样的外国人开放的是蒙古人而非汉人。看着张其昀所编集的那个地区的地图，我很快就有了应该循着马可·波罗的足迹去那儿一游的想法。

走出第一步很容易。当时我正住在香港，于是就买了"漓江"轮的船票。"漓江"轮从位于九龙广东道的中华轮渡码头发船，隔天一次。这是一艘20米长的气垫船，舱位设计得像空客飞机一样。我7点30分登船，8点钟船准时出发，此时太阳正从港口东端的仓库那边冉冉升起。

船上有一个香港旅游团队。香港岛的摩天大楼从视线中消失的时候，麻将局就摆开了，电视屏幕上也开始播放最新的粤语片，都是些爱情和商场失败的情节。我不禁昏昏欲睡，走到舱后最后的一排空位躺了下来。当落日的余晖将我唤醒时，我的目的地——梧州到了。

就中国的城市而言，梧州算不上古老。它始建于1400年前的唐朝，当时的官府决定必须派军队在此永久驻扎，以便控制从这个地区流出的贸易货物，当然还有这里的人民。排队下船的时候，我见到了中国旅行社在当地的代表。他正等着他接待的旅游团队通关。我问他梧州是不是有舜帝的纪念碑，他的反应却好像我是在问他是否知道木星的卫星在哪里一样，显然，这不属于旅游的范畴。

在黄帝几百年之后，中国历史上出现了另一位杰出的统治者——舜帝。《史记》的作者司马迁称，公元前2200年左右，舜帝曾带领军队到达西南。在与梧州地区部落的战争中，舜帝不幸阵亡，遗体葬在九嶷山①，此山位于梧州与北向的衡阳的半路上。而舜帝的两位遗孀当时就在衡阳。她们得知丈夫阵亡的消息后，双双跳入流经这个城市的湘江中，化为河神。当然，那是衡阳，而我所在的地方是梧州，这里谈的除了贸易就是旅游。

不过，梧州毕竟是通往西南省份广西、贵州和云南的门户，是中国西南与广州之间必经的贸易集散地。虽然舜帝控制这个门户要道的努力没有成功，但他的后代最终成功地在唐朝在此设立了城镇，时间甚至比马可·波罗来这里的时间还要早。这个城镇因贸易而兴盛起来。1897年，根据《中英续议缅甸条约》②，梧州也成为中国的自由贸易港之一，并对外国商人开放，他们可以来此购买靛蓝和皮货。梧州市至今仍然是该地区药材和稀有动物进入广州和香港的主要水道。

经由梧州输出的动物中就有蛇。听说在城市的北郊有个地方储存着成千上万条蛇，准备经由西江输往广州的各大厨房和药房。我到达的时候太晚了，所以没有看到，不过，晚上我沿着下榻的江滨酒店以北的街道找地吃饭时，经过了几十家饭店，每家都有装满蛇的笼子。

除了贩蛇的人，梧州还吸引了买卖中国西南地区奇异物种和濒

---

① 九嶷山，又名苍梧山，位于湖南省南部永州市宁远县境内，属南岭山脉永萌渚岭，纵横1000多公里，南接罗浮山，北连衡岳。《史记·五帝本纪》："舜南巡狩，崩于苍梧之野，葬于江南九嶷。"——编者注

② 光绪二十三年（1897年）正月初三日，李鸿章与英使窦纳乐订立《中英滇缅境界及通商修正条约》，即《中英续议缅甸条约》，亦称《西江通商条约》及《滇缅重定界约专条》。该条约规定：开放云南腾越、思茅、广西梧州三口通商。——编者注

危动物的商人前来。有一家饭店，一只鹰被关在一个狭小的、蹩脚的笼子里，弓着背在里面挪步。另外的一个笼子中，一只穿山甲蜷缩成球状，最后一次做着穿山甲的梦，期望着没有人注意到它。不过，还是有人注意到它了。一群围桌而坐的广州客人正在与厨师就它的命运进行着磋商。

我另择他处进餐，一边吃着并不奇异的炒米饭，一边规划着行程的路线：穿过广西的最北边，然后向西经过贵州，到达云南。我期望，一路上能够访问到居住在张其昀地图集所描绘的地区的群山和河谷中的一些部落，他们仍然保持着传统的生活方式，而在七百年前尚逍遥于中原的控制之外。

次日清晨，汽笛声把我从梦中唤醒，泊在我宾馆窗下的驳船和客船开始起锚驶入西江。梧州正处于两河交汇的地方：一条河是把

西江

我带到此处的西江，向西流经广西的新首府南宁，而另一条是漓江，北行流经广西旧时的首府桂林。夏天的降雨会将两条河的水面抬高20多米，所以一年之中只有夏天才能乘船到达桂林。我来的时候正是2月底，因此别无选择，只能坐长途汽车去。

这样，头一天坐了10个小时的船，第二天早晨前往桂林，我还得鼓起勇气面对10个小时的车程。车里很安静，全车的人都在点头打瞌睡。车行了大约6个小时以后，才有几个人与我一起探头向车外张望，窗外是一幅幅被描绘和拍摄最多的中国山水风景。西方人见到中国传统画的时候，往往以为画中描绘的山是艺术家的想象。但是，突然之间，你会发现，赫然出现在你面前的是几百座袖珍山，这些袖珍山峰100万年以前就已经停止了生长。与画中不同的是，这些袖珍山都是裸体的，山上所有长得像树的东西都被村民挖走当柴烧了。山脚处的岩壁上用白漆写着巨大的汉字：封山育林。亡羊补牢，犹未晚矣。晚则晚矣，总比什么不做好些。

9个小时后，我在离桂林尚有一小时路程的阳朔下了车。趁着离天黑还早，我把行李往一家名叫四郎山宾馆的破旧地方一扔，租了辆自行车，从镇子里一路骑到了乡下。半个小时后，我来到了月亮山。此时正是日落时分。

从山脚向上爬10分钟，快到山顶的地方有一个天然的拱洞。拱洞乃穿透小山而成，形状很像月亮，我猜测这就是这座山为什么叫月亮山的原因。从"月亮"中穿过后，我到了山的另外一侧，立刻欣赏到了阳朔最迷人的景色之一：小小的群山，荡漾在河流和稻田的海洋里，一切都笼罩在落日的余晖之中。两位当地的妇女在兜售纪念品和软饮。一瓶橙汁汽水洗掉我一路的风尘，我翻看着纪念品，发现了一本毛主席的红宝书。

月亮山

/ 第二章 /

阳　朔

　　阳朔很小，简直算不上一个城镇，与位于它北边一小时路程的桂林比起来，阳朔名气要小很多。不过阳朔景色却毫不逊色，从某种程度上来说，甚至更好。对于到中国的外国游客而言，继北京的故宫、长城，西安的兵马俑之后，最受欢迎的目的地就是桂林的喀斯特景观了。然而，桂林已经不再是昔日的桂林了。二战期间，桂林被日本人炸得满目疮痍；此后的重建历经大跃进时期的灰色水泥和经济改革时的白色瓷砖，现在则到处都是为大型旅游团队提供服务的价格高昂的旅游设施。在大的旅游团中人们被当作羊一样赶来赶去，当然，如果你不介意做羊的话，那也无所谓。

　　但是，我不愿意做羊，于是我选择住在阳朔。中国西南地区有四个地方，去那里的游客往往住得比计划的时间长，因为游客到达目的地以后可以接触到别人收集的最新旅游信息，发现许多自己未曾领略的美景与风情。阳朔就是如此，其他三个城市分别是西双版纳、大理和丽江，这三个城市都在云南省，也都是我行程中要去的地方。住在阳朔的另外一个好处是，我用不着为一碗面条、一客香蕉煎和一杯卡布奇诺咖啡而掏太多钱。次日早晨我在一家叫作"毛家米老鼠"的餐馆吃早饭时，我就毫不犹豫地点了这些东西，小小地奢侈了一把。

在中国所有内河旅游中，乘船游漓江是最受欢迎的项目，甚至超过长江三峡游。游客从桂林登船，在几百座青翠的石灰岩山峰中蜿蜒穿行，顺流而下到达阳朔，然后乘车返回桂林。可是，这6个小时的游程价格不菲，需要30美元，而从阳朔逆流而上，单程只要6美元。这也是我选择住在阳朔的另一个原因。

不过我最终还是决定不和任何游船打交道为好。虽然不和大队人马一起出游，就意味着一次冒险，不过等回到家的时候，能记住的也就是这些冒险了。

于是我回到住的旅馆，租了辆自行车，骑回到阳朔的江边公园，又花了不到3美元租了一条平底船。我的计划是让船把我和自行车带到下游的富里村，然后从富里村骑车穿过乡村返回阳朔。天气很好，没有风，河水如镜面一般沉静，一座座美丽的小山矗立在水面，似乎在向我诉说这条河上曾经发生过的故事。江上的船很少，我几乎是一个人独自在欣赏这美丽的景色。偶尔有渔民驾着自己狭长的小船驶过，他们穿过水藻，寻找深水区，便于他们的鱼鹰下潜捕鱼。我很开心自己与这些渔民共享着一条河。

为我撑船的人说，那些渔民也会在晚上挑灯捕鱼。他还告诉我说，渔民把鱼鹰从小雏养起来，教它们追逐活鱼，他们要在鱼鹰的腿上拴一根绳子，防备它们逃掉。鱼鹰长大并被驯服了以后，就会与其他六七只鱼鹰一起，站在船舷边，遵照渔民的指令，轮流潜水捕鱼。只不过鱼鹰的脖子上会被套上一根绳子，免得它把捕到的鱼吞掉。按我的船工所说，如此五年之后，因为总是不允许它把捕到的鱼吃下去，鱼鹰就会越来越不愿意下水——似乎鱼鹰要用五年的时间才能搞明白这一点——最后，鱼鹰就会被上锅炖了。

阳朔山水

鱼鹰捕鱼

途中，我发现一只孤零零的鱼狗①栖在岸边的枯枝上。它的脖子上倒是没有绳子的，我禁不住想，我到底是一只鱼鹰呢，还是一只鱼狗？

---

① 鱼狗：是普通翠鸟的别称。因其常直挺地停息在近水的低枝或岩石上，伺机捕食鱼虾等，因而又有鱼虎、鱼狗之称。上文的"鱼鹰"即鸬鹚。——编者注

/ 第三章 /

壮　族

　　我骑车回到阳朔后，把自行车还给车主，退掉客房，登上了北行的客车。我的下一个目的地是龙胜，那里有中国最原始的壮寨。

　　广西的全称是广西壮族自治区。壮族是中国人口最多的少数民族，人口数量仅次于汉族。这一点是大多数人想不到的，因为多数人肯定认为是满族，或者维吾尔族、蒙古族、藏族。1990年，壮族人口达到1500多万，而满族大约是1000万，维吾尔族是700多万，蒙古族是480万，藏族是460万。中国1500多万壮族中的大多数人居住在广西，因此，广西被称作广西壮族自治区。

　　壮族也是中国最古老的部落之一。与中国其他少数民族不同的是，壮族自史前时期就一直居住在目前所在的地方。按照历史学家的说法，越南边境以北几公里处的宁明镇有中国最古老的岩画，这些岩画就是壮族人的作品。很多岩画可以追溯到2500年前。那时，中国人将他们辖制地区以南的所有部落称作"越"，即"外人"的意思。在宋代史籍中"壮"称为"撞""僮""仲"。与其他所有的民族一样，壮族的历史或史前史还可以追溯到更早的时候，甚至一路追溯到人类的起源。

　　按照壮族人的说法，远古的时候，一团巨型的、旋转着的大气被一层硬硬的壳覆盖着。有一天，一只巨大的蜜蜂来到气团——不要问蜜蜂是从哪里来的，反正它就是来了——这只蜜蜂用力敲打外壳，结果气团爆裂，上层化作天空，中间化作大地，水在下面。大地上长出各种植物，植物开花，从一朵花中长出一个女人，女人长着瀑布般的长发，赤身裸体。她的名字叫作姆六甲。

花的孩子姆六甲睡了很长时间，起来后要做的第一件事是撒尿。为给自己找乐子，她把尿与泥巴和在一起，捏出了人。这可是一件天大的错事。但姆六甲只是笑了笑，为了区分男女，她捡了一些红辣椒和杨桃，把他们撒到地上。捡拾红辣椒的变成了男人，抢到杨桃的成了女人。你如果有机会到壮族村寨的话，讲到红辣椒或杨桃的时候一定要小心，因为这些词一直是在拿人类生殖器开玩笑时才使用的。

我今天之所以还能读到这种创世故事，原因在于，虽然汉人持续不断地迁入壮族人的地盘，但这个中国人口最多的少数民族仍然保留了自己的文化特征，而中国的人类学家记录下了壮族的神话传说。但是那些仍然能够诵记这些神话故事，像自己的祖先一样生活的人，都散居在一些山中的村寨里。

我坐的车从平原中驶出，蜿蜒进入桂林以北的群山之中。几个小时以后，在离终点站龙胜不到一小时的地方，汽车把我放在和平村。要去我想去的那个壮寨，得在这里转一趟小巴士。等汽车的时候，我坐在行李上，在路边继续研读有关壮族起源的故事。姆六甲用尿和泥巴造出人类后就消失了，场景转移到一个山洞，洞中走出了四兄弟。老大是雷，后面跟着龙、虎，最后是布洛陀，他就是壮族人的始祖。

因为布洛陀没有任何神力，雷、龙、虎经常嘲弄他，并冲这个小弟弟耍威风。但是，有一天，布洛陀发现了火，他跑着拿给三位哥哥看。可是，他的哥哥们都吓坏了，雷逃入了云中，龙潜到了水底，虎蹿进了森林。从此，布洛陀和他的后人就摆脱了他三个哥哥的控制，过上了自由的生活。但布洛陀的后人仍然小心翼翼地给他的三个哥哥上供，只有这样雷才会给他们的庄稼送雨下来，龙才会让他们的泉水长流不涸，而虎则会在他们进入森林时保护他们免受伤害。

巴士终于到了，我连忙抢先挤上了车。虽然这辆车只是12座的小巴，但是除我之外，还有另外30个人搭乘此车，他们都是壮族村民，是去龙胜赶圩①后回家的。颠簸了30分钟后，我在一个叫黄落的地方下了车。据小巴司机讲，我现在要去的村子基本上属于与世隔绝的世外桃源。从我下车的地方必须跨过那条一直沿着公路流淌的湍急的河，才能找到通往我要过夜的那个寨子的小路。司机还告诉我，这里已经连续下了20天的雨，幸运的话，我到的时候还能看到夕阳，但是一个小时后太阳可能就要消失在山脊背后。

很不幸的是，过河的唯一一条路就是一条一英尺宽（约30.48厘米）的木板桥，我看到几个村里的孩子蹦着过了河，我也试了试。还好我带着一根手杖呢，可以帮我保持平衡。它也确实救了我好几次险。过了桥，我走向那几个看我是否会落水的孩子，向他们打听前往平安寨的路怎么走。他们都指向村后的那条通往一个陡坡的小路。

我顺着他们手指的方向前进。由于最近连续下雨，小路很湿

---

① 湘、赣、闽、粤、桂等地区称集市（古书中作"虚"）。赶圩即赶集。——编者注

通往寨子的木板桥

滑，我的手杖再次发挥了作用。半小时之后，我来到一大片茶树林。为便于采茶，茶树通常会被控制长得较矮，但是这些茶树有好几米高。我后来才了解到，种这些茶树不是为了采茶叶，而是要果实，壮族人用茶树的果实榨取食用油。

当最后的几缕阳光已经坠到西边的山梁后面去了时，我来到一座风雨桥前。太好了，我快到了。中国这个地区，几乎所有住在山里的部落都会建有风雨桥，这样外面来的人一眼就知道离寨子不远了。果然，到下一个转弯的地方，十几座木房子映入眼帘，迎面遇到几位从同一条小路来的村民。他们都微笑着，说"蒙尼额"（音译），也就是"你好"的意思。

壮族的风雨桥

我就这样来到了高山壮寨——平安村。平安村位于一条山脊下面，这里集中了全中国海拔最高的水稻梯田。有的梯田很窄，只能种得下一垄水稻。梯田从谷底向上一直延伸到山脊的顶部，有800多米。梯田的开垦始于500年前，当时壮族人由于各种历史原因迁出了桂林平原。我到的时候正是2月份，梯田正在灌水，为春播做准备。

进村的时候，我听到大家齐声在说"蒙尼额"，各家门口都探出了头，然后整个人都出现了。虽然壮族人和他们的祖先在这个地区住了至少3000多年了，但他们始终没有自己的书面文字。不过，还算幸运，他们很多的歌和故事，在过去的2000多年中，都用一种类似汉字、既可表音也可表义的文字记录了下来。结果呢，壮族保留下来的传统神话要比中国其他少数民族多得多。

当我沿着小路走过那些房子的时候，村民把我团团围住，领到了村子里唯一的平地——篮球场。几分钟后，村里的头人出现了，把我带到他的家里，我沿着梯子爬到二楼，脚踏进门的时候，他的老婆开始吹火塘里的余烬，而火塘在屋子中央，占了二楼一半的面积。我在一条6寸高（约20厘米）的木凳上坐下来，头人给我倒了一碗米酒，那是我喝过的最好喝的米酒。

壮族人的房子都是两层的，底层是牲口住的地方，还放置农具、柴草，厕所也在下面，而人住在二楼。饭菜都在房子的堂屋正中的火塘里做。火塘外面围着沙子、石块，灰烬中总有余火，以便下次做饭使用，或者便于有客人到的时候随时生火。火塘的上方有一个架子，用来吊熏肉或者烘干东西。

女人伸手上去，捞到一块火腿，切下几块肉。似乎想让我知道今天我要吃到的是猪身上所有的东西。她打开一个瓦罐，舀出几勺

梯田

平安村

子猪血，放进汤里。这汤肯定会很好吃。为了提味，她用剪子铰下不少晒干的红辣椒。突然之间，我想起壮族人是把红辣椒与男性生殖器联系在一起的，我禁不住有些打退堂鼓了。不过，这顿饭还是很好吃的。主人不断地往我碗里添满米酒。他说这酒酿了整整一个星期的时间呢。这给我留下了很深的印象，但是令我印象更深的是第二天早晨醒来的时候，我发现身上没有了鞋子和衣服。很显然，昨晚我喝得够高兴的。

我本来可以一直睡到中午的，我也希望如此，但是我被窗子下面铁匠铺的声音吵醒了，这也是我第一次喝米酒宿醉的经历。太阳爬到山脊上时，主人进来问我是否需要牙刷。他递给我的牙刷好像被全村人用过一遍一样。主人姓廖，是寨子的头人。平安村因为水稻梯田而出名，十一代壮族人把梯田修成了中国西南的奇迹。北京、上海还有香港的摄影家不畏路途遥远，每年都来到这里，从头

壮族姐妹

到尾拍摄当地人全年劳作的场景，还有与梯田有关的各种仪式。我来的时候是2月份，村民没有什么可做，只喝着米酒，嚼着肥肉，聊着将要来到的好收成。随着外界对梯田潮涌般的兴趣，寨子的头人很快意识到这里面有巨大的利益潜力。十年前他就说服了当地政府，把他家设为专门招待来访者的旅馆。我并不是在抱怨什么，但我一直没搞明白晚上是谁帮我脱掉鞋子和衣服的。

我拒绝了他递过来的牙刷，跟跟跄跄地踱回到火塘边。我刚好赶上他们吃早饭，基本上是昨晚的剩饭菜。我的碗里又一次倒满了米酒。壮族人总喜欢说，他们从来不会让客人清醒着离开，在我身上，他们不折不扣地保持了他们古老的传统。他的老婆和妹妹一边加热剩饭菜，一边轮流唱起了歌。吃过早饭后，我用壮家话给大家说了声"怀派奥"（音译），意思是"再见"，然后就沿着来时的路，摇摇晃晃地下山去了。

这里每天有几趟小客车开往龙胜，等车的时候，我设法回忆昨天晚上听到的一些传说故事，能记起来的只有那个关于青蛙的。壮族人视青蛙为神物，因为它们是雷的孩子。壮族人需要雨的时候，只要告诉青蛙就好了，青蛙会让雷送雨下来。

昨天晚上我听到的故事版本是这样的：很久以前，一位老妇人因为窗下的青蛙聒噪而无法入睡，她让她的儿子去让青蛙的叫声停下来。她的儿子叫东林郎，他想出的办法就是从二楼上往下浇开水。这个办法很管用，很多青蛙被烫死了，没死的也都蹦着逃走了，而且所有的青蛙都跟着窗下的青蛙离开了这里，很快山里就没有青蛙了。夏天来临了，天不下雨，只有热辣辣烤人的太阳。绝望之中，东林郎来到寨子的神龛，向布洛陀请教办法。可能大家还记得，布洛陀就是所有壮族人的祖先，雷是布洛陀的哥哥。他告诉东林郎，被他杀死的青蛙是雷的孩子，必须请求雷的宽恕，并且从此把青蛙当作自己的家人对待，否则就永远不会下雨。东林郎按照他说的做了，从此以后，青蛙节就成了壮族人一年之中最大的节日。

青蛙节从阴历新年的第一天开始。当天，寨子里的老人一看到太阳露面，就会敲响铜鼓。桂林博物馆从遗弃的壮族村寨里收藏了500多面这样的鼓，其中一些鼓是2500多年前的古物。历史学家不是很清楚壮族人为什么费这么多事制造这些鼓。如果你问我这个问题的话，我想根源在于壮族人有关青蛙的信仰，他们认为青蛙是雷的孩子，没有它们求情，雷就不会给稻田下雨。鼓是用来模仿雷的声音的。任何情况下，只要鼓声响起，所有人都会到寨子里的广场集合，大家都带着锄头和其他农具，一番祷告祈福之后，便出发到周围的山上寻找青蛙。他们会把石块翻过来，或者在小溪、池塘边挖掘，第一个找到青蛙的男人、女人就成为蛙王、蛙后。他们把青蛙带回来交给寨子里的巫师，巫师会把所有关于青蛙的传说一一道来，说明青蛙作为雷的信使有多么重要。然后，巫师就把青蛙杀掉，把它们放到竹子做的棺材里，把棺材放到寨子的神龛中之后，众人开始狂欢。每天晚上都有欢庆活动，一直持续两个星期，直到满月出现的那天，就是青蛙上天祈求雷降雨的日子，此后壮族人的世界里就是万事大吉、全年无忧了。

灌溉梯田

/ 第四章 /

瑶　族

小客车来了，这趟车上空间挺大，我甚至还有位子坐。可到龙胜的时候，车上几乎连喘气的空间都没有了。龙胜看上去就像一个大集市，最终它又下定决心变成了一个城镇，甚至还有几个自称宾馆的地方。第一印象总是很准的，我一到龙胜，马上就有急着离开的想法了。我走过一座桥，来到城镇的新区。就在龙胜体育馆的旁边，我搭上了当天最后一班前往江底乡附近温泉的车。

车子沿着一条长长的河谷向东北方蜿蜒而上，车上五六位乘客都邀请我到他们家过夜。他们都是附近的山民，在龙胜度过了重要的一天之后，正在往家赶。有人是来龙胜买东西的，有人是来卖货的，但他们都是瑶族人。瑶族人与衣服上只有肘部和膝盖处刺绣而全身都是黑色的壮族妇女不同，瑶族妇女所穿的上衣满是刺绣，身穿红色或粉红色刺绣图案的自称红瑶，而其他的瑶族人则按照居住地或与某个古代神话的关系加以区别。如坐在我旁边的一位妇女就是盘瑶，盘瑶因信奉盘王而得名。我告诉她我是美国人，她说几年前有中国的人类学家来过他们的寨子，还告诉寨子里的人，他们和美国某个部落讲同样的语言。我说我本人就是彻罗基部落的印第安人，我们可能有着某种联系。听到此话，她看看我，大声地笑了。

正在织布的瑶族妇女

车到江底之前我就下了车，与她及车上邀请我到他们家过夜的人挥手作别。我不想住到他们家里，而是选择了温泉，在泥泞的路上走了10分钟。从车辙来看，这里的生意挺好。

办好入住手续后，我把包扔到房间里，立刻向泉池奔去。温泉有三个巨大的池子，全部依山而建，两面有森林环绕。环境美极了，我急着要融入其中。很遗憾，三个泉池都是露天的，按要求必须穿着泳衣进池。我没带泳衣，只能现买一套。泳衣只有一个尺码，就是"一个尺码适合所有人"的那种。应该没问题，我这样想着，就去换衣服。但是，显然我长肉了，泳裤紧勒着我的身体，针脚都绷出来了。我一露面，两个泡温泉的中国人看了我一眼，互相对对方说："哇，看那个大胖子。"我很震惊！一直以来我认为自己身材适中，而现在穿"均码"的泳衣竟然有困难。我想起一周前在香港称过体重的，槽中吐出的小卡片说是190磅（约86.18公斤）。很自然，我把卡片扔掉后，整件事也忘掉了。但是现在我要面对一个残酷的现实，190磅的体重，对一个5英尺7英寸高（约1.7米）的人到底意味着什么。我滑进池中，藏在蒸腾的泉水下，考虑着我有什么选择。显然，我的体型过胖了。我决定，这次旅行从现在开始，隔一天喝一次啤酒，这也算我做出的一个勉强的姿态吧，我总得做点什么才行，要么这样，要么就回到香港买一柜子"均码"的衣服。

当天晚上，我在餐厅吃面条，一个人享受着"隔天喝一次"的啤酒，那个卖给我"一个尺码适合几乎所有人"的泳衣的女孩——她也在宾馆的餐厅上班——和我谈起山中一个瑶族村寨的事。她说有个寨子叫矮岭，只能步行前往，要沿着温泉后面山谷中的小道走8公里。因为没有路的缘故，那个寨子是这个地区仅存的几个传统

矮岭瑶寨

瑶寨之一。

中国有两百多万瑶族人，几乎一半生活在广西，与壮族的祖先至少2500年前就生活在那里不同，瑶族的祖先原来是生活在扬子江下游地区的。根据瑶族自己的说法，他们的祖先所生活的国家是由评皇统治的，这个国家经常遭到北边一个由高皇统治的国家侵略。历史学家认为，这些事情发生的时间应该在2700年前的周朝。当时，评皇承诺，谁能杀掉高皇，就把自己的女儿嫁给谁。

评皇有一条钟爱的龙犬，叫作"盘护"，它听到主人的承诺后，马上渡过扬子江，7天之后到达高皇的宫殿。因为它只是一条狗，等有人注意到它的时候，已经太晚了。盘护冲进高皇的寝殿，一口咬下他的头颅，带回来交给了评皇。

承诺就是承诺，评皇将自己的女儿嫁给了盘护。也很奇怪，公主竟然爱上了盘护。不过，她并不是对一切都满意。她告诉父亲，自己的丈夫到了晚上就变成身穿裘皮的潇洒青年，但是清早起来又变回一条狗，这该怎么办呢？

　　盘护在两个世界中尽情享受着，但当公主恳求他永远变成一个人的时候，他还是同意了。宫廷祭司将盘护装进一个带盖的笼子，将他挂在沸腾的大锅上面。按照祭司的说法，用草药熏蒸7天之后，盘护就会永远变成人。但是只过了6天，公主就等不及了。她命令将自己的丈夫从笼中抬出来。她欣喜地发现，他不仅还活着，而且已经不再是一条狗了。但是因为被过早地放下来，他的头上和裆间还有狗毛没有褪尽。为了不让父亲知道盘护仍然有一部分是狗，公主让丈夫戴上头巾穿上裤子，把毛发遮盖起来，从那以后这些就成了瑶族的传统服装。她的父亲十分高兴，让女婿继承了王位，所统治的地区就在今天的南京市附近。后来，国王盘护和皇后生下12个子女。此后，由于各种原因，他们的子孙逐渐迁到了南方的广西，并一直生活在这里。

　　第二天一早，我就出发前往龙犬的寨子——矮岭。小径挺好走的，茂密的森林提供绿荫，山间小溪带来清凉。路上碰到几位去镇上买煤油的瑶族妇女。煤油是瑶族人自己无法生产的几样东西之一。再往前走，遇到两个瑶族男人，正坐在一根圆木上休息。他们两人手中都拿着那种老式的单发火枪，他们要去猎熊。我想这里山中的熊肯定是小型的，第一枪通常只是把熊惹怒了。但是，他们两个很可能并不打算真的开枪射熊，而只是寻找熊的踪迹。瑶族人历来依靠打猎来补充米饭和猪肉之外的日常饮食，他们发展出了自己独特的狩猎风格。如果有人发现了野山羊或野猪的踪迹，或像今天这种情况，发现了熊的踪迹，他们就会赶回村寨寻求帮助。村委会把最后一次见到猎物的地方围起来，然后敲鼓，把猎物往持有猎枪或弓箭的村民那里驱赶。这是他们捕猎野山羊或野猪的方法，也许捕熊的方法不同。

我祝猎人好运，然后继续赶路。大约两个小时之后，我终于抵达了表示附近有山中村寨的标志——风雨桥。果然，几分钟之后，我就进入了矮岭寨。几条狗用瑶族人祖先的方式与我打招呼，我也学着叫了几声，算是回应。

在过去的两千年里，瑶族人从扬子江下游原来的聚居地来到中国的西南边陲。据1990年的第4次人口普查，瑶族总人口有两百多万，分布在湖南、广东、广西、贵州和云南几个省的山区，而广西是瑶族人口最多的聚居地。

沿着土路走进矮岭，一路上看到的瑶族人跨进20世纪的唯一标志就是有些人家门外放着的装煤油的塑料桶。最近的公路和通电的地方离这里只有8公里，寨子里的村民至少每周一次到龙胜赶圩出售自己的产品，因此，他们并不是完全与现代社会隔绝的。但是，当他们看到一个西方人走进寨子时，每个人都惊愕万分。实际上，有些人看起来好像吓坏了，最后，还是十几个年轻人克服了恐惧心理，从门后走出来，问我是干什么的。我告诉他们，来这里没有其他目的，只是来参观一下，然后问他们正在干什么，他们回答说正在准备成人仪式。

一个瑶族男性要成为男人，必须与寨子里其他所有将要成为男人的男性一起，在完全黑暗的环境里度戒3天。不吃、不睡，不见天日的3天过去之后，他还要表演一些壮举，其中最后一项是从3米高的台子上跳下，如果落地的时候不摔倒的话，他就是男人了。如若不然，只能等来年再跳了。很显然，矮岭寨的男孩子们今年是要再试运气了。

与我初步交流之后，男孩子们又返回他们待的高台上的黑屋里。不到一分钟的时间，他们又出来了，手里拿着要兜售的商品。他们迎接我的方式真奇怪，显然，一个西方人在寨子里的出现令他们大吃一惊，他们竟然忘记了自己传统的好客之道，按照习俗应该邀请我喝上一碗炒茶的，但是他们却拿东西出来让我买。我不是被当作客人对待，而是被当作远方来的商人了。无论如何，这是一次长见识的经历。为成人仪式度戒的一位男孩竟然要卖给我两枚在附近山上挖到的金疙瘩。

与此同时，几位村妇从隔壁家房子的阳台上出来，查看这里到底发生了什么事。她们都穿着瑶族传统的上衣，前面、后面甚至袖子上满是粉红的刺绣。她们看上去都像盛开的樱桃树，我对她们的衣裳大加赞赏了一番。但我的话还没说完，她们就问我要不要买她们的上衣。

瑶族的刺绣应该是中国所有民族中最好的，绣一件上衣，至少要花去一整年的闲暇时光。一位妇女把我带进她家中，让我看她织布用的织机，还有一满筐子的彩线，那些线将织成她下一件上衣。我最后还是买下了她的上衣，花了200元人民币，也就是40美元。对她们和我而言，这都是一笔大钱，但是我还从来没有见过这么漂亮的刺绣，而且一件衣服上集中了这么多的图案。

很显然，我已经变成一个商人了。我知道接下来这些妇女不仅要把她们的上衣、裙子卖给我，要卖的还有她们的头发——长长的如丝般柔滑的发辫。我根本就没考虑询问价格，因为我没打算买发辫。这位瑶族妇女告诉我说，她们每10年剪一次发，剪下来之后会把发辫洗净、梳好，涂上香精油，盘在头顶上。她们说，这样就可以每三到四天更换一次头发。

我把她们拿出来让我看的货物看了个遍，花了得有两个小时的时间。不过，除了买下一件上衣外，对其他的东西我都报以微笑，感谢她们向我展示她们最宝贵的财产。我想，矮岭的村民肯定有些失望。对于我来说，也颇感失望，她们没有把我当成一般的客人对待，甚至没有请我喝她们传统的炒茶：瑶族人把茶叶、黄豆、玉米、花生和爆好的大米一起炒制，用沸水冲泡，再加上葱花和辣椒。按规矩，客人要喝下四碗这样的炒茶，但我一碗都没有喝到。

我悄悄地溜出了寨子，正如我悄悄地来。我觉得是我自己出了问题。几分钟后，我遇到一位正要回矮岭的老人。他邀请我当晚住下。我也总结出第一个教训：山中村寨，非请勿入，要在离寨子不远处停下来——我突然间明白了风雨桥的作用正是如此——然后等着。我问老人，今晚住在谁家，他说："谁家都行，你来挑。先到我家喝炒茶。"

于是我跟着他回到了寨里，他领我上木楼梯来到他家的二层，我终于品尝到了炒茶。矮岭是中国传统瑶族村寨中比较大的一个。据主人讲，矮岭村有80户家庭500多口人，每家每户都住在木制的两层楼上。像我在平安看到的壮族人的房子一样，底层用来储存柴火和工具，厕所、猪圈和其他牲畜住的地方也在底层；二楼是生活区，生火做饭的地方，也是手工作坊，比如做豆腐或加工木料。为满足这么多功能，二楼要有很大的空地。

进矮岭村的时候，我注意到一家在建的新房子，我问主人建一座那样的房子需要多少钱。他说要10000元人民币，也就是2000美元。他说，这些钱是花在感谢同村的人帮着把树解成木条、木板以及帮着建房上面的。据他说，瑶族的房子都是用当地的冷杉建成，至少能用150年，或者供五代人居住。没人确切地知道瑶族人已经在那些山中住了多少代。人类学家在一些村寨中发现了唐朝的钱币，也就是1200年前的钱币。

刚喝完必须喝的四碗炒茶，我听到外面开始起风，决定离开。我感谢主人的盛情款待并感谢他留我过夜。但是，我觉得还是温泉更有吸引力，于是我沿着来时的路往回走。半路上，突然下起了雨。雨并不大，我加快步伐，不一会儿工夫我已经泡在温泉中了。我禁不住想，瑶族人为什么不把自己的寨子建得离温泉更近一些呢？

/ 第五章 /

侗　族

我可以在这里泡上几天时间，但总不能永远如此啊。另外，我还要赶约1600多公里的路呢。我回到房间，收拾好自己的装备，办好了退房手续。离开宾馆的时候，我停下来向那位告诉我矮岭村的女孩子致谢。我给她看了我买的那件上衣，她说我应该买她的。也许我该买她的，但没有看见她穿过啊。我看到她穿着的衣服就是一件宾馆的制服上衣，上面有宾馆的名字和温泉的标志。我挥手作别，又走上了那条泥泞不堪的车辙路。10分钟后，我已经站在一条柏油马路的边上，又过了5分钟，我坐上了开往龙胜的车。车子到龙胜时，我刚好赶上前往下一个目的地（三江）的最后一班车。

一如既往，我所乘的这趟车坐满了赶圩回山的村民。车子行到离三江一半路程时，一个手持老式火枪的男人上了车。显然他不是赶圩的，他说自己是捕野猪的，有的野猪会长到200公斤。这对于一只野猪来说是相当重了，这么重的野猪也相当危险。我知道我是不愿意用一只单发火枪去捕猎一只那么重又那么危险的动物的。这个男人可能是一位好猎手，但是，当天晚上他并没有把熏肉带回家。

车子从龙胜开出两个小时后，我到了三江，这时太阳也已经下山了。我绕过车站旅馆，爬山来到车站后面的政府招待所。招待所很干净，也很安静，有洗澡水的房间只需18元人民币，还不到4美元。与桂林那些专门挣游客钱的地方相比，要合理很多。我把衣服洗了，再冲个澡，就下山来到贯穿县城的唯一一条大街上。街道两旁全是狗肉餐馆。三江显然不是瑶族人的地盘，瑶族人是龙犬盘护的后代，他们什么都吃，就是不吃狗肉。而三江却是侗族人的家乡。我要了一盘煎饺，就算把今天打发过去了。后来，我在房间里听到一群女孩子在远处唱歌。歌声听上去像极了霍皮族印第安人的祈雨谣，我研究人类学的时候曾学唱过。后来，那天晚上确实大雨倾盆。

1990年，政府统计有250多万侗族人生活在中国西南部。壮族的祖先2500年前就在这里生活，瑶族是一千多年前迁徙到这里的，与他们都不同的是，侗族人到达这里的时间相当晚。按照语言学家的说法，侗族语言保留了诸多700年前所使用的汉语言的特点。当时，汉人大批拥入扬子江中游地区，而这里是侗族人祖先的家园。结果，侗族人开始向南迁徙，最后在湖南、贵州和广西的山区住了下来。也就是在那个时间段，中国的历史记录里第一次提及侗族人。然而，侗族人并不把自己称作"侗"。他们自称为"干"，而侗语里"干"的意思是"树干"[1]，而事实上侗族和树干也确实存在着联系。

按照侗族标准的叙述，以前有一个树干上长出了白菌，白菌生蘑菇，蘑菇化成河水，河水生虾子，虾子生额蝶（方言，一种浮游

---

[1] 侗族自称"干"，原意是用树枝、木桩等障碍物把居住点围起来，后来逐渐变成住在"干"中的人。"侗族"是他称。——编者注

生物），额蛛生七节（节肢动物），七节生女孩松桑和男孩松恩。松桑和松恩生了12个孩子，其中就有侗族人的祖先。那是很久之前的事了，所以侗族人并不自称为"侗"，而是自称"干"。

侗族的传说并没有到此为止。松桑和松恩生了12个子女，其中有雷、龙、蛇、熊、虎，还有侗族人的父母：姜良和姜美。两人不喜欢自己的兄弟姐妹们，决定把他们都赶走。姜良和姜美最后成功地做到了，他们放了一把火，把大家居住的山烧光了。自此以后，侗族人远离他们的动物亲戚另外择地居住，这也解释了侗族人喜欢将寨子建在谷底而不是高坡上的原因。这也使得参观侗寨比瑶寨容易多了。我决定第二天早晨就去参观侗寨。

我登上去往林溪的早班车。林溪在东北方40公里处，汽车在途中会经过通往侗寨程阳的一座桥。离开三江一个小时后，我就到了那里，看着那座桥我简直不敢相信自己的眼睛。侗族人迁徙到这里的时候，带来的木工技艺比任何部落都要高超。搭眼一看林溪河上的这座桥，就很清楚侗族人自称"干"的说法有多么正确了。

我参观其他寨子的时候，已经注意到，生活在这个地区的人们有在村旁的小溪或河上建造风雨桥的习俗。风雨桥不仅便于通行，消除了山路上的某些危险因素，而且还代表了村寨在外人眼里的脸面，各村各寨都想方设法把桥建得比其他村的更大、装饰得更精美。在这方面，程阳的村民超越了所有人。

1906年，他们建造了目前这座桥，替代以前的老桥。基本工程完工只用了一年时间，但接下来他们用了十年，精工细作，把桥装饰成为全中国最令人称绝的建筑之一。桥在"文革"期间受到轻微破坏，之后被政府保护起来，毁坏的地方也得到了修复。

说起桥的规格，程阳桥有75米长，3.5米宽，两侧有一百多根

程阳风雨桥

木柱支撑起覆瓦的桥顶，桥上有五座多层的亭阁点缀其间。整座建筑看上去像一系列由花岗岩石墩支撑的宫殿，贯穿整个河面。除了它奇特的造型外，这座桥还有一点令人称奇不已：它没有用一根钉子。所有的部件都是以榫卯结构连接在一起：卯就是横梁顶端刻出的一块长方形的凹槽，而榫就是另外一条横梁刻成的长方形的凸出部分，再将榫头插入相邻的卯眼中。

我一边从桥上走过一边听着桥的榫卯结构发出像满塘的青蛙齐鸣一样的声音。过桥后，我沿着一条土路进了程阳村。通往侗寨的路传统上都是石头铺成的，这样来客就不必在泥泞中走路了。但是，显然在程阳这里，时代已经改变了。昨晚刚下过雨，我的鞋子沾着路上的泥进了村。程阳还保留着侗寨最重要的一个特色——鼓楼。

鼓楼

鼓楼有四五米高，七级屋檐层层重叠，檐角上挑，越往上越小，最上层屋檐的顶端有一个小塔。整个建筑看上去像是受柬埔寨或泰国的寺庙启发而建成的，不过这可能只是我个人的想象而已。

一位在车上认识的村民看到我呆呆地望着鼓楼，就把我领到里面。除了沿墙放置的凳子外，鼓楼里面是空的。平时应该悬挂在上层橼子上的木鼓不见了。显然，它已经被其他形式的交流工具取代了，但我看不到任何扩音装置。传统上，侗族的寨子用木鼓召唤村民聚会，而鼓楼是村里的老者聚会议事的地方。

鼓楼外面有一块开阔地，是村子举办节日活动的地方。开阔地旁边是村子的祭坛，村里最重要的仪式都在这里举行。坛中供奉的是侗族伟大的女英雄。外人是不允许进去的，但是我的向导很热情地向我讲述了有关她的传说。

她名叫萨燧。向导说，每个侗寨都有供奉她的祭坛，程阳也不例外。没人知道萨燧生活的具体年代，只知道那是很久以前的事。在侗语里，"萨"的意思是"祖母"或"女家长"，而"燧"的意思是"始"。不过，萨燧不是侗族人的始祖母或始祖。这个荣誉是属于姜良和姜美的，他们两人是侗族的"亚当"和"夏娃"，而萨燧是他们的"摩西"[1]。

古时候，侗族人生活在母系社会，妇女是部落的领袖。萨燧，被神化之前名叫婢奔，曾率领侗族人抵抗外来的侵略，但是入侵的人简直太多了，最后她发现自己被敌人包围了，她没有接受失败，而是纵身跳下悬崖，一起跳下的还有她的两个女儿，她俩本来可以

---

[1] 摩西在犹太教、基督教、伊斯兰教等宗教中被认为是最重要的先知。——编者注

"小岛"上的侗寨

做她的继任者。即使这样，婢奔也没有逃离战场，她的神灵继续领导侗族人抵抗敌人对她们家园的占领。不过这一切都是徒劳的，最后她还是带着她的人民继续向南，直到建立一个新的家园，也就是他们迄今为止一直居住的地方。

按照自封为我的向导的那个村民所说，侗族人建新寨子的时候，所建的第一个建筑就是祭祀萨燧的坛。因为她曾是侗族人最高的女首领。侗族人遭难的时候，就会想到是萨燧离开了他们，必须到她的坛前上供召唤她回来。每年年初，他们会连续三天三夜唱歌跳舞，祈求萨燧回来，在新的一年里继续保佑他们。

像生活在这个地区的其他少数民族一样，侗族人也是以种植水稻为生。但除此之外，他们还养鱼。各村各寨都被几十个养鲤鱼和小龙虾的池塘包围着，程阳也不例外。参观完风雨桥和鼓楼之后，我在那位已经成为我事实上的向导的年轻人带领下，走出寨子，上了另外一条土路——他家在另外一个侗寨，他邀请我去家里吃午饭。像往常一样，一顿饭要准备大概两个小时，午餐包括通常都有的猪肉和时令蔬菜。为特别招待我，他妻子拿出了一种干鱼，这是侗族人在重要的场合才上的一道菜。我受宠若惊，赶紧吃了一口。但是，即使咬下最小的一口，对我来说也是太多了。直到现在，我都没有记住这种鱼味，是特别咸呢，还是特别酸呢，或者是特别腐臭呢？或者是三者兼有。不管怎么说吧，假如你到侗寨参观，有人请你尝尝干鱼的话，你可要自己掂量好。

因为有这道特别招待的菜，我向主人道谢，告诉他们我要回三江了，心里则是想着赶紧离那鱼远些。重新过桥之后，我在路边等候回城的客车。正等车的时候，几辆伐木的卡车轰隆隆地开了过去。侗族人不仅用鱼来补充他们的饮食，还靠伐木来增加收入。事实上，这个地区正是中国主要木材产区之一，而这一点主要归功于侗族人。侗族人喜欢树，这一点并不令人吃惊，因为他们与树干有着亲缘关系。有孩子出生的时候，父母就会为他们的婴儿种下一排杉树幼苗。按照侗族人的说法，杉树苗长成大树需要十八年的时间，正好用来为新婚的夫妇建新房。想象一下，如果我们都这样做的话，整个世界会是什么样子啊。今天，只有植树节还在提醒着我们与树木业已失去的联系。我们种下一棵小树苗，它也许还活不到夏天结束，然后我们转身就回到被水泥包围的生活中去了。车子终于来了，我在想象中向"树干族"的人民挥手道别。

/ 第六章 /

镇　远

回到三江后，继续西行是前往贵州省最正常的路线。不幸的是，连绵的群山令广西和贵州之间几乎无法通行，而横贯山区的少有的几条土路也对没有特别通行证和没有向导陪同的外国人关闭了。收拾好行囊、办完退房手续后，我没了选择，只好去坐下午的火车。乘客车到火车站需要30分钟，而每天只有两趟火车开出：一趟往北，一趟往南。我买了两点钟发车、北行前往怀化的车票。这是一趟区间车，慢得让人难以忍受，好在车上有足够多的座位。

我到中国旅行的时候，所担心的唯一一件事就是我是否能在某个城市待足够长的时间以便洗衣服。当然，洗衣服本身并没有什么难的，难的是晾干衣服。情况经常是这样：我带着洗过的湿衣服跑了好几天之后，最终到一个住的时间较长的城市，或者到酒店的时间早一些，才有机会把衣服挂起来晾干。到怀化的时候已经晚上8点多了，我没有洗衣服，而是直接奔床而去，甚至连晚餐也没吃。

次日一早，我买了张去镇远的车票，乘坐第一趟开往我要去的方向——西南方向的火车，进入贵州省。车是早上7点25分发车的区间车，这一点我记得很清楚，因为车到半路的时候，一位大猩猩身材的妇女上了车，坐在了我身旁。刚刚坐下，她就开始号啕大哭，据她说，她丈夫拿了她的钱和另外一个女人跑了，她现在要去镇远杀了他。这个女人一路上就一直一边哭一边诉说她的悲惨遭遇，数落她的丈夫，言辞中株连甚广，伤及无辜。我们的火车继续前行开往镇远，但我们看上去就像一火车傻瓜一样，非礼勿听。真是有趣，我费了好大的劲才憋住没有笑出来，同时对这位妇女的遭遇表示同情。

我一直设法向窗外张望，但是外面看不到任何东西。唯一能看到的是云。云太低了，甚至把树顶都遮住了。这就是我初入贵州的印象，它一定是中国最被太阳遗弃的省份吧。而我在这个见不到太阳的省份的第一站是镇远，它横跨在无阳河^①——也就是没有太阳的河上。多么般配啊，我这样想着，火车徐徐停靠在站台上。管它有没有太阳呢，我急匆匆地下了车，免得再和那个一心要报仇的弃妇打交道。刚一落地，没有常见的出租车司机一拥而上的情景，迎面而来的却是一群大声吆喝着的农民，其中一个把我领到了他的马车旁。马车甚至还装备了顶子。后来我发现，火车站离市中心两公里，马车师傅们垄断了到市区的交通。车费1元钱，也就是20美分。我以这样一个美妙的开始认识了镇远，它很快就成了我最喜欢的城市之一。

马儿嘚嘚地跑在鹅卵石铺成的路上，进入了镇远，我向师傅打听镇远市内宾馆的情况。他推荐了新建成的舞阳旅馆，旅馆就在进城后的半路上，我在此下了车。后来证明这是个很好的选择。旅馆的员工很友好，房间干干净净，价格也公道：5元钱，也就是1美元。我把窗帘拉开，发现房间能清楚地看到舞阳河。云已经升到高

---

① 无阳河现名为舞阳河。——译者注

处，露出了群山包围中的城市。景色太美了，过了好大一会儿我才听到我房间下面有猪的哼哼声。几秒钟之后，服务员为我送来了两暖瓶热水，我问她河上有没有载客游览的船只。她说我很幸运，10分钟后就有一班船。我立刻下去，乘船在舞阳河上游览了一番。

我发现，舞阳旅馆离中国旅行社的办公室只有200米，而中国旅行社是唯一一家获得授权组织乘船游河的单位。四月到九月是旅游旺季，每天上午一班船，下午一班船。但我到的时候是三月份，不过幸运的是，一群中国游客组成的团队被安排了一次单独的游览，我刚好赶上，而且只花了18元钱，还不到4美元。

这次的游览以30分钟的车程开始，我们乘车穿过城市西北部的平地，来到舞阳河，这段河道10年前被宣布为风景保护区。我们下车走了一小段路，登上了一艘平底船。船甲板上有硬凳子，上面搭着雨棚，为游客挡雨。但是，没有挡风的东西啊。在之前的24小时内，气温从20℃骤降到5℃，而大风把仅有的5℃也给吹跑了。真是冷极了！显然，三月份不是坐船游舞阳河的好时机。我甚至把丝绸内衣都穿上了，但是一点用都没有，我真的很冷。整条船像是坐满了一群驼背的人，我们蜷缩着身体趴下来，趴得已经不能再低了。200年前，地方当局为了把原有的河名掩饰起来，决定在"无"字旁加上"氵"，让人们觉得这条河是充满阳光的"潕河"。不过我比他们更清楚，这就是一条没有太阳的河，即使加上"火"字旁也无济于事。我们都坐在凳子上瑟瑟发抖，而3个小时的游程才刚刚开始。

船一离岸，我们都把头抬到刚刚能从船边望出去的高度，看到高高的崖壁上有一座天然的石桥。风接着又逼得我们趴下来。接下来的一个小时里，我们的船顺流而下，而我们什么也顾不上看了，

舞阳河

只顾着自己冻僵了的四肢。据我们的导游讲，我们的船正在峡谷中穿行，峡谷约有100米宽，200米高，两岸有瀑布和岩洞点缀其间，还有各种各样奇形怪状的岩石。船行大概5公里后，我们来到一座形状酷似孔雀的巨型石峰下面，这里是游船下行的终点。所有人抬头看了一眼，立刻又恢复到胎儿的姿态，船调过头来往上游方向驶去。每个人都知道，上行的游程与下行的游程是一样的。我们所遭受的煎熬，却因为一次临时的停靠得到了些许缓解——船停靠在一个僻静的水湾内，十年前这里作为保护区被立法保护起来，其中也包括这里的树。船停下来是要有执法活动。

　　船上的工作人员发现有砍下来的树撂在岸边，就走过去查看。在树丛中，他们发现两位满脸刻着贫穷的男人，还有几百棵刚砍下来堆在一起的树苗。两个男人拔出镰刀，他们想让船员知道他们也不是好惹的。但是我们的船长相当聪明，他拽住了一根捆树的绳子，几秒钟之后那两人的船及船上的物品就全部属于政府了。我们现在除了冷之外，终于有一点可谈的东西了。

　　我们终于回到了镇远。回到房间后我尽量把双手双脚同时贴在暖气片上取暖。等到手脚终于听使唤的时候，我走出旅馆，来到街上，进了那家我能找到的唯一的餐馆。至少这里是暖和的。饭后，我回到房间，身上穿着所有的衣服，在被窝里熬过了一夜。

　　第二天早晨，我还活着，还在镇远城。1986年年底之前的几天，中国政府在原有的24座历史文化名城的基础上增加了38座城市，这些城市将有资格获得国家拨付的资金来修复文化景点。新增的38座城市中有上海、天津、沈阳、武汉、南昌、重庆，还有镇远。镇远？镇远到底在哪里？肯定每个人都会这样问。它怎么会进了名单的？

大家都把镇远当作"新大陆"的原因是，目前被贵州省和云南省所包围的这个地区，700年前才属于中国。而从统治这个地区的部落头领手中夺取控制权的是蒙古人，而非汉人。但是，蒙古人横扫中国后不到100年，就被打回到中亚草原继续他们牧马放羊的生活去了，汉人重新控制了中国，也包括新征服的西南地区。

当时被派来调查情况的汉人将军向上司汇报："欲通云贵，先守镇远；据镇远者得西南锁钥。"自此，镇远成了一把钥匙。由于中国的地形特殊，一支军队要进入这个地区，只能经过远在东南的广州，或者经由远在东北方的成都。但是，如果在扬子江上驱船，可以向南进入洞庭湖，然后向西南入沅江，继而转舞阳河，一路可达镇远。这就是镇远列入中国历史文化名城的原因。

自从取得对云贵地区的控制权之后，镇远就成了中央政府输入军队、输出原材料的船运通道。船运是关键词。镇远扼守在舞阳河峡谷的出口处，而舞阳河水流经沅江、洞庭湖和扬子江，最终流入大运河和东海。从14世纪开始，中国沿海的浙江省和福建省都有商船来到镇远。镇远再往上的舞阳河水位太浅，因此货物只能在镇远卸船。镇远由最初的明代军事重镇，到清代时演变成一个主要的贸易中心。

镇远作为商业重镇，仍有迹可循。镇远市内沿河的老码头上，仍能看到以前通往装船平台的台阶。花上几块钱人民币，就能租一艘小船把你摆渡到如今的河堤上看个仔细——如果没有冻死人的冷风的话。

在城的西缘，就有这样的一些台阶，从河边一直通到海神庙。海神庙正位于环抱着城市的崖壁底部，是福建的客商所建。他们在镇远还建有自己的会馆，其他7个省份的商人也是如此。会馆都是在清代这个城市最辉煌的时候建起来的，其中的几个矗立至今，但已经不再作为会馆使用了。

最老、最大、保存最完好的是江西会馆，位于城市的东部边缘。当我下定决心要起床环游世界时，我正是要前往此地。在旅馆餐厅吃完热豆浆和馒头的早餐后，我再次上了一辆马车——正是马车给我的镇远之旅带来意外的快乐。城内倒是有几辆小汽车，但在我逗留期间，没见过一辆出租车。

江西会馆和这个城市最著名的地标——青龙洞都被圈在一座围墙里。会馆的院子和展室正在修缮，主建筑已经改为博物馆，展出该省少数民族的民居和其他木制结构建筑。模型的制作花了大量的时间，令人印象深刻。博物馆的一面墙上有一张地图，显示的是贵州省具有历史意义的民居和木制建筑的位置。除了地图，还有很详细的建筑图纸，也有侗族风雨桥、侗族鼓楼以及侗族、苗族和布依族典型民居的大型模型。如果你对这些部落所共有的建筑细节感兴趣的话，这是一个绝对让你称奇的去处。我在西南的省级博物馆内见过类似的展览，但没有一家在建筑的细节和展出的精心安排方面能与我在镇远看到的比肩。

在博物馆的民居模型前流连一番，我穿过一座院落进入另一个展厅，这里展出的是民居内部的雕刻及使用的木制品。几个木匠也正在把这个展厅作为他们的工作间。他们不用任何机械工具，只用世界其他地方也使用的传统手工工具：吊线锤、锯子，还有刨子。除了修缮会馆外，他们也负责修缮会馆上面沿着崖壁所建的青龙洞建筑群中的各种庙宇和楼阁等部分。我下面就要去看看这些地方。

两千多年前，中国的道家提出了"四象"的概念：黑色与龟代表北方，白色和虎代表西方，红色和朱雀代表南方，蓝色与龙代表东方。镇远位于中国西南边陲的东部，因此500年前人们选择青龙作为这个城市的标志，并且沿用至今。

青龙洞建筑群实际上包含了三个岩洞，青龙洞只是其中之一。三个洞一度都被用作供奉道家神仙和佛教菩萨的庙宇。这些庙宇并非和尚或道士的居所，而是这个城市的军队或商界上层人物祈求神灵保佑事业成功之地，他们祈求的或者是佛教菩萨，或者是道家神仙，或者其他什么神灵。

洞窟本身没有太多好看的。青龙洞已经被淤泥和石块塞满，无法进入，而其他两个洞不过是悬岩而已。壁龛和祭坛上原有的雕像早已不见了，但是，走在这些复杂精致的台阶、楼阁和通道中，就像回到了500年前。我只需要透过这些格子窗和下面的那些琉璃顶然后穿过舞阳河幽深的水看过去，就可以回到明朝。夹在舞阳河与河对面崖壁之间的是几百栋古代的房屋，绝没有20世纪的任何印记。镇远的住宅区实际上也是中国最不为人知的博物馆之一。

我来访的时候是三月份，当时木匠们正开始为美景增添最后一道光彩：在会馆门口的对面建一个可以俯瞰舞阳河的茶亭，我想这个亭子一定会是一个品茶赏酒的好去处。但亭子还没有建好，而且天还是太冷。我只能不断地走动，最后决定通过那座连接着会馆的古代石桥，过河去老住宅区看看。

这座古代石桥称为祝圣桥，始建于明洪武二十一年（1388年），最后一次重建是清雍正元年（1723年）。桥体的宽度和强度可供车辆通行。实际上，清朝的时候，缅甸驻中国的特使曾骑象经过此桥。不过，现如今大象和小汽车都不允许通行了。这座桥太重要了，为了避免损坏，只允许行人通过。为了确保不会有庞然大物从桥上经过，现在桥上还设了个亭子。

祝圣桥

祝圣桥把我从青龙洞的亭台楼阁带到沿河对岸而建的古城居民区。进入古城中心的路上人迹稀少，我便转而深入到两侧建有古民居的几条巷子里一探究竟。建筑专业的学生从中国各地来到这里，专门研究这里的民居。走到标志着市中心的车辆专用桥之前，我又拐弯踏上沿着围绕民居的岩壁一侧蜿蜒而上的石阶。这段石阶路通往四宫殿，是清代为纪念2500年前带领汉人与当地部落交战的4位将军而建造的祠堂。我停下来喘了好大一会儿，接着往上攀，这条道再往上走就到了抵御中国西南部蛮人的城墙。

　　这段城墙的建造标志着镇远作为军事要塞的开始，而在以后的2000年中这里一直是个军事重镇，直到后来，它作为贸易中转站的重要性才超过了其战略意义。明朝的时候，汉人从蒙古人手中重新夺回王权，声称拥有这片蒙古人征服的西南新疆土。为确保蛮夷

古城墙

不越界，汉人在镇远两侧的山脉分别建起了城墙，想从这个地区出入，只能走舞阳河水道。

我在四宫殿喘气歇息的时候，几个放学回家的学生从我身边走过，我便上前向他们询问老城墙的位置。他们便带着我登上了悬崖的顶部，并指向一片梯田以外的地方，我顺着他们手指的方向几分钟后就已经走在城垣之上了。城垣的石头立面和砖头内墙已经开始剥落，但整体状况还可以，我还能循着它的遗迹往前走，突然，城垣在悬崖边戛然而止。远远地望下去，黑色舞阳河如巨蟒般向东蜿蜒流去。在下游方向的不远处，城垣又现身在河的另一侧，一路起伏向远方绵延而去。在我看来，城垣确实能挡住蛮夷，当然，我是个例外。

站在城垣的顶部，我在寒风中颤抖着，这场风从我来了就没有停过，是到离开的时候了，我曾听人说起过一个地方，假如时间足够的话，我本来要去看一看的，那就是位于镇远以南35公里处的报京苗寨。乘船游舞阳河时，我们的导游曾经告诉我，那是中国西南最原始的苗寨之一。不过他还说过，需要拿到通行证才行，而我并不想办那些烦琐的手续。

从城垣上走下来的时候，我又一次经过四宫殿，我在那里停了好长时间，用望远镜往峡谷对面的一个山洞张望，洞口被一些破碎的红布条遮住了一部分。古代的时候，那里是一位道人的住处，没有人记得他叫什么名字，现在，那里住着一位衣衫褴褛的男人和他衣衫褴褛的老婆以及同样衣衫褴褛的孩子。我在想到底是什么原因让他们住在那个洞里。天太冷了，我想不了那么多，沿着小路继续往下走，来到那条横贯整个城镇的路上，跟在几头猪的后面，到了汽车站。我买了前往施秉的车票。施秉位于镇远以西46公里。车还有一个小时才开，我有足够的时间回旅馆拿行李。我很快就返回了车站，还有30分钟的富余。天冷才让我的行动如此迅速。我后悔没有在旅馆大堂的炉子边多待一会儿。车站内的温度比外面还要低，但是站长可怜我，邀请我进他的调度室，司机们正围坐在一个木炭炉子边。我加入了烤火的人群。两天以来，这是我第一次能感觉到自己的脚指头。

/ 第七章 /

苗　族

　　我的手指和脚趾刚刚停止了抽痛，站长就说我的车要发了。于是我离开了西南锁钥之地，踏上了前往施秉的路。施秉不通火车，到那里去的公共交通方式只有长途汽车。但是，施秉却处于苗乡的中心位置，而我希望访问的下一个部落正是苗族。苗族是中国最古老的少数民族之一，大约4000年前的商代卜卦甲骨上就提到过他们，苗族的历史可以追溯到比公元前2600年的黄帝时代还要早的时候。黄帝是生活在中国北方黄河流域的部落联盟的首领，但是直到黄帝打败蚩尤领导的敌对部落之后，他才建立了自己以及汉人祖先的优势。

　　我有过一次黄河探索之旅，曾经经过山西南部的一个盐湖，应该就是黄帝与蚩尤最后一战的战场。[①]蚩尤战败之后，与他结盟的那些部落被迫离开黄河流域向南迁徙。当时南迁的部落中就有苗族的祖先，而如今的苗人仍尊蚩尤为自己的祖先。我本人的迁徙倒是更简单。离开镇远一个半小时后，我已经到了施秉，走在挤满了蚩

-----

① 　有关黄帝与蚩尤最后一战的战场，史学界说法不一。其中之一是作者提及的山西运城盐湖，还有河北逐鹿等。——编者注

尤的后代们的大街上。我一边走一边想，如果是蚩尤获得了那个盐湖的控制权，中国的历史又该是怎样呢？为保存足够的食品供给城市建设和作战需要，盐是至关重要的，没有盐，苗人的祖先就无法形成并保持他们在黄河流域发展起来的那种文明。至少这是我个人的理论。当然，可能苗人就是喜欢迁来迁去，又或许他们就是喜欢雨水。

和镇远一样，施秉也是横跨舞阳河两岸，但面积只有镇远的十分之一左右，而且居民多数是苗族而非汉人。苗族是中国第四大少数民族，仅次于我曾经拜访过的壮族，以及北方的满族和回族。1990年政府进行的第4次人口普查显示，中国有730多万苗族人散居在西南部，最大的聚居地是贵州省。

苗人开始向南迁徙的时候，首先沿长江定居，在中游地区居住了两千多年的时间。之后，秦始皇迫使他们再度迁移，他们一直不停地南迁，直至来到现在的中国西南地区，汉人对此地没有兴趣，至少当时是如此。实际上，在过去的两千年里，西南一直是中央政府流放官员之地。

对我来说，我倒不觉得这是一种耻辱，恰恰相反，我很高兴来到这里与蚩尤的后代为伍。尽管蚩尤是传说中苗人最早的祖先，苗家逢年过节都要朝着他生活过的方向叩首。然而，苗人最原始的祖先却不是人，而是一段树干。是不是听起来有些耳熟？侗族人也拜树干为自己的祖先。但苗族人的祖先并不是普通的树干，而是枫树的树干。枫树干生了一只蝴蝶，蝴蝶在树皮上的水泡中产下12只卵。12只卵中生出龙、虎、蛇、蜈蚣，好精灵和恶精灵，还有最初的人类姜央。当姜央的蝴蝶妈妈去世的时候，她的灵魂飞到天上变成月亮，至今苗族话中的"月亮"也有"妈妈"的意思。

从汽车站过两条马路，就到了施秉县政府招待所，我办理了入住手续，把包放下。可就这样结束一天太早了点，我就走回到小城的主干道。事实上，把施秉称作小城可能有点过分了。它也就比村庄大一些而已，城里总算还有两条街道，在十字路口有一个市场。我在市场的货摊中穿行时，两个苗族姑娘向我走来，她们想和我练习英语。她们说已经从中学毕业，正在等合适的工作。这听上去有些耳熟。我告诉她们要有耐心，我自己就等了30年才等到一份好工作，那就是人家出钱让我来中国旅游。

我继续在市场中穿行，而她们也继续问我一些与人套近乎的标准问题，我就问她们城内是否可以买到苗族传统产品。我在市场上没看到任何可买的东西，但似乎应该有手工艺品之类的东西，不管怎么说，施秉周围有几十个苗寨呢。两个姑娘用苗语商量了一下，然后把我带回到镇子上唯一的那个十字路口。往东街走过几个门口后，她们带我走进一扇门，一个小小的标牌告诉我，我已经来到施秉县少数民族刺绣厂。

进了大门，她们带着我沿楼梯上到二楼，并把我介绍给刘同志。刘同志说几年前自己花钱开了这家厂子，现在已经是县城里雇人最多的工厂。在主车间里，我看到40位苗族妇女正在绣着被罩、枕套和披肩。刘同志接着带我去了一间小展室，就是在这里我把身上所有的现金换成了我这辈子没有见过也没有摸过的、美得令人难以置信的绣品。

早些时候我曾经在矮岭瑶寨买过一件刺绣的上衣，当时以为那是我见过的最精致的针线活了，但是现在，那件瑶族上衣有了竞争对手，我在这里买的一件丝绸披肩竟然两面绣满了一模一样的图案。我不知道苗族妇女是怎样绣出来的，我轻易不会花掉100美元的，但我还是花这么多钱买下了一件很大的黑色的丝绸披肩，披肩的两面绣满了上百朵鲜花、枝蔓，哦，当然还有蝴蝶，那可是苗族人的祖先啊。但是最打动我的是，尽管有蝴蝶图案，它并没有因循传统的刺绣形式。这是工厂里一位苗族妇女自己的艺术创作。后来，我在香港看到过一件类似的披肩，要价是施秉这里的3倍，但仍然是相当便宜了。就看那针线活，还有那苗族刺绣也值。最后，我依依不舍地与工厂老板和带我过来的两个苗族姑娘说再见，继续沿着那条主干道来到镇子东边的环形交叉路口。

环形路口的北侧是我进城时走的那条路，而南侧则是中国旅行社在当地的办公室，我走了进去。一般情况下，我不找中国旅行社，我更愿意把钱花在刺绣披肩上。但这次我很幸运，而且我得承认，如果中国旅行社的服务都像施秉这家一样好的话，那么每到一地第一个要去的地方就是中国旅行社了。在这里，我只花了30元人民币，他们就安排我参加了一场苗家婚宴。不出几分钟的时间，我已经走在横跨舞阳河的桥上，前往附近的一个村子，那里正在举行一场婚礼。

距真正完婚还有几天的时间，但庆祝仪式10天前就开始了，亲朋好友络绎不绝，给新郎和新娘两个家庭送来祝贺。我走进新郎家里。其实，是先在他们家门口停下喝了一水牛角的酒。婚礼期间，苗族人会在门口内挂起两只水牛角。客人一到，两只水牛角里就会倒满米酒，客人喝干一只，主人或其家人喝掉另外一只。

我喝干我的那只水牛角里的酒后，跨进房门，新郎的母亲先用干蓟花根蘸了一些绿色染料，在我脸颊和额头做了记号。片刻间，我的脸颊布满了阳光从云隙照射下来一般的片片绿色，好像得了某种新型风疹一样。她说，这样的话每个人都会知道我曾经是苗人婚

苗家婚宴的迎宾酒

礼的座上客，如果不用肥皂洗掉，染料能在脸上待上一周的时间。即使在正常情况下，我也能引来一大群人围观。现在人们肯定以为城里来了马戏团，或者是瘟疫来了。

我终于进到屋里，看到几个男人，脸上也是布满一块一块的绿色，他们正围坐在占据房间正中位置的火堆旁的长凳上。外面寒风刺骨，看上去天黑之前要下雪。但是苗家的婚礼庆典绝对会把寒冷赶得远远的，尤其是当你学会了怎么说"请把水牛角传下去"的时候。

我刚在围绕着火塘的一条长凳上坐下来，我的导游便告诉我，新娘正坐在隔壁房间。她10天以前就来了。按照苗家的风俗：婚礼会在她到来13天后举行，而庆典会持续3天；庆典一结束，她就马上回到自己的村寨，在接下来的两年里都住在娘家，孩子一岁之后她才能搬到婆家住。

很显然，这样婆家就有时间为一对新人建起新房，也能强制丈夫与自己的岳父岳母搞好关系——因为这是他能见到自己妻子的唯一方式，这样也便于妻子在更熟悉的环境中生下第一个孩子。这并不是苗族独有的习俗，我这趟旅行中访问过的大多数部落，都说他们也有同样的传统。

就这样，我端坐在新郎家的房中，新娘坐在隔壁房间，新郎家的其他女人都在忙着准备一顿丰盛的酒席，盛满米酒的水牛角传来传去。饮酒中间，我四下打量起来。我忍不住地注意到在我头上方的屋椽上搁着一对崭新的棺材，对汉人来说，即使看到棺材都是很不吉利的事情，而对人最大的侮辱就是在人还活着的时候送棺材到那人家中。但是我的苗族主人却骄傲地笑着向我解释说这对棺材是为他和他妻子准备的。他说，苗族人认为，老人在死之前就把自己的棺材准备好，才真正感到幸福。

就在这时，主人宣布饭菜准备好了。他妻子从头发中抽出一支一尺长的发簪，拨了一下火，又把簪子插回到头发中，酒席就开始了。女主人围着火塘转着，用自己的筷子夹一口菜送到每个人嘴里，然后她丈夫给每个人倒一碗白酒。

苗族人一般喜欢喝米酒，但是外面太冷了，所以需要来点劲大的。饮酒之前，每个人都把筷子头浸入酒杯里，然后弹几滴酒到地上，连弹三次。主人解释说这是敬祖先的灵魂。苗人喜欢饮酒，死了之后也是如此。主人还说，一个人喝醉的时候，就会灵魂出窍。对这一点，在场的每个人都点头表示同意。

喝过几轮自酿的白酒之后，我们开始吃菜。到这个时候，所有东西都模糊不清了，但我记得吃过肥猪肉，用猪肉蘸一种醋和红辣椒调成的酱吃。主人告诉我，醋和红辣椒是苗人最喜欢的调料，而我能记住的也只有这些了。

在婚礼开始前几天到这里访问，对于我来说也许是件好事。一旦婚礼开始，三天的时间里不允许任何人躺下。如果你非得睡觉，或者醉得太厉害，头支不起来，你可以靠墙站着，或者把你绑在柱子上——这不，已经有一位客人胳膊下面用绳子拦着，捆在柱子上了。整整三天你就是不能躺下，苗人最恨扫兴的人了。我的苗族主人和中国西南所有的苗族主人一样，最不愿看到客人清醒着离开。至于我，我是没有冒犯当地习俗的。

谢过主人和他的妻子对我的热情招待，我走回外面的寒冷之中，飘飘欲仙地跨过了舞阳河大桥。我问中国旅行社派来陪我参加婚礼的人有没有可能再来一次乘船游览。显然，酒精已经模糊了我上次在镇远附近同一条舞阳河上游览的记忆。他告诉我说，施秉上游的河段更原始，是去年才对游客开放的。他说上游地区有很多野生动物，包括野牛甚至猴子。以前，船可以往上游开到黄平，任何人如果不停下来在岸上留点吃的，猴子就会扔石块砸你。但是，船期并不固定。而中国旅行社可以安排4个小时的游船，只要你有足够的钱。这时酒精的作用开始消退，寒风也又一次令我萌生退意，我便不再提这个话题，而是集中精力尽量走直线。也许下次吧，我这么想着，下次要在夏天来，而不是春天。

古代的中国人把冬天分成九个九天，而我来的时候刚进五九。一九二九冰上走，三九四九溪水流，五九六九树发芽，七九八九减衣服。[①]显然我来的时候还不到七九八九。我把所有的衣服都穿在身上了，包括真丝的秋衣秋裤，还有我的风衣，但我依然很冷。最后，九九的时候天气热起来，人们可以坐石头了，但我离那个时候还远着呢，施秉的石头现在都还被冰雪覆盖着。

这时正是阳历早春三月，我走回宾馆的时候，天开始下起了雪。我再一次蜷缩在房间的被窝里，琢磨下一个目的地应该去哪里。如果天气暖和些的话，我可能会搭长途车去西南方的黄平。从施秉到黄平的半路上，有一个飞云洞，是贵州省最古老的佛教寺庙。就在黄平以北不远处，还有另一个景点：二战期间供飞虎队停机加油的简易机场。但是，往西走有一个比较大的城市凯里，听说凯里的宾馆可以泡热水澡，而我足有一个星期没有泡热水澡了。

泡热水澡的渴望最终赢了。第二天早晨，我登上一辆一小时一班的汽车离开了施秉。跑了20公里后，在一个前不着村后不着店的地方，车把我和大多数乘客放了下来，这里有一个火车站，每天下

---

① 中国国土面积广袤，南北方气候差异较大，各地的数九歌不尽相同。作者描述的为中国云贵地区的情况。——编者注

午有一趟火车经过这里前往凯里。火车晚点了一个小时，而天冷得冻死人。但是，我又一次得救了，车站站长把我请进售票室，和一群上了年纪的苗族妇女围坐在一个大肚子火炉旁边。站长说，这些妇女是从东南方离这里20公里的双井村来的。那个村子是这个县里最偏僻的苗族村落，这些妇女要去另外一个村子参加一场婚礼。她们邀请我一起去，我脸上仍然带着绿色染料的痕迹。但是一次婚礼就足够了，我现在唯一需要的是一个热水澡。

火车终于来了，我们都爬上车去，竟然还找到了座位。几分钟后，列车员过来检票，请我随他去另外一节车厢。他打开车厢门，在我进去后又关上。这是我在中国第一次一个人待在一节空荡荡的火车车厢里。我不知道竟然还能有这样的事情。这时，他问我是否愿意换些钱。原来我到的是一节换钱车厢啊，他想要的是美元，但我身上一块美元也没有。他说："如果我能弄到一些美元的话，我就能做点很特别的事。"我不确定弄到美元后他能做什么，但是出于礼貌，我还是和他换了几百元外汇券（外汇券是当时外国人能用的唯一一种中国钱币）。然后他就离开了，而整节车厢就是我一个人的了。

在凯里下了车，我终于松了一大口气。但是这种轻松很短命，我发现凯里是一个脏兮兮的工业城镇，路上的积雪已经化成了污泥。我在凯里宾馆放下行李之后，在泥泞中艰难地举步前往据说是省内唯一的少数民族博物馆。它位于城市边缘的一座小山上，是一栋巨大的新建筑。但是博物馆上了锁，拿钥匙的人不在。回到宾馆后我才了解到，即使那个人在，他也不会放我进去的。想要参观博物馆的外国人必须在当地外事办公室或中国旅行社递交申请——简直不可思议，但这却是真的。有关凯里，我能记住的唯一的好处，就是我最终洗上了热水澡。

不过，洗澡之前，我去了一趟中国旅行社的办公室，它就在宾馆前厅内，我向他们询问可以游览的地方。他们递给我一本介绍"朗德苗寨"的小册子，而且还是英文的："掩映在雷公山山脚下的小山寨朗德，有几十户人家。小寨绿树翠竹，风景如画。寨前的王峰河上，水车日夜唱着古老的苗歌，排排吊脚木楼立在山坡上倾听。吊脚楼由木柱支撑，上层镶着弯弯的木制扶手，是真正的苗族风格。寨中的道路都由鹅卵石铺成，干净整洁，宛如花园。这里是贵州省第一批露天少数民族博物馆之一。"小册子上居然还有一些宾客用水牛角饮酒的画面，看上去很不错。但是，和凯里的少数民族博物馆一样，所有非中国籍的游客必须申请通行证，也就是说你得参加团队或自己雇一个导游。我放弃了如画的朗德小寨，回到宾馆，享用久违的热水澡去了，我甚至还洗了衣服，在暖气片上晾干了。

第二天早晨，我决定动身前往省会城市贵阳，因为在那个黑乎乎、脏兮兮的小城凯里干什么都要通行证。坐了四个半小时的火车后，我就到了贵阳。我要看看贵州省会到底怎么样，于是决定挥霍一番，住进了贵阳金筑大酒店。在街对面的超市，我花了和房费一样的钱，96元人民币，即20美元，买下了也许是城里最后的一瓶威士忌。一瓶威士忌、一间铺着地毯、有可以泡澡的浴缸和一部能与全世界联系的电话的宾馆房间，加在一起40美元，在中国来说是够便宜的了。我往家里打了个电话，这是我开始"彩云之南"之旅后第一次给家里打电话。家里的每一个人都还记得我，我一边啜着威士忌一边向家人夸耀：自从少喝啤酒后，体重减了好几磅。事实上，两天前，我不得不把腰带往前移了一扣，不然裤子都挂不住了。

/ 第八章 /

贵　阳

　　第二天，我出发去看景点，在酒店正对面搭上一辆公交车，去位于贵阳北郊的省博物馆。每到一个城市，我总是以游览博物馆作为开始，主要原因是每个博物馆都有自己的商店，而每个博物馆商店都会出售有关那个地区的地图和书籍。但是贵州是中国最穷的省份之一，而贵阳也是最穷的省会之一。我在博物馆商店里只找到一本落满灰尘的旅游小册子。

　　我转而去看展品，其中包括少数民族物品的展示。一个展厅中，其展品中有一条巨蟒偷袭一只喜鹊的填充标本，另外还有一树的猴子标本正在互相给对方抓跳蚤（标本）。这是一些做得很好的动物和鸟类标本，但是也就仅限于此了。博物馆就看到这里吧，我还得继续游览。

　　我的下一站是黔灵山，它位于贵阳的最北部，从博物馆乘公交车两站就到。"黔"是贵州省的古称，而"灵山"的意思是"有灵气的山"。不过，过去的几十年时间里黔灵山失去了它的灵气。现如今，它是贵阳主要的娱乐休闲中心，有个很一般的湖，湖上满是脚踏船；还有个动物园，到处是尘土；山路两边满是商贩，比树还多。就在黔灵山公园大门口里边，我路过一个游乐园，一尊机械阎王爷端坐在游乐园的入口处，正拿着生死簿查验人名呢。很显然，他还没有查到我的名字，所以我赶紧从他和他的游乐园旁边走了过去。

我继续前行，十几位老人从我身边走过，他们正把装有叫声婉转鸟儿的鸟笼挂在公园里光秃秃的树上，还有两位老妇人在没有荷叶的池塘中洗衣服。沿着大路继续往前走，就是麒麟洞。蒋介石曾经先后将张学良和杨虎城软禁在洞内，因为这两位国民党将领在西安逮捕了蒋介石，逼他停止与共产党的内战，抗击入侵的日本人。为此我很是敬重两位将军，不过我并没有进入以前关他们的监狱。以前我逛过的很多山洞都有小便的味道。过了此洞之后，我离开大道，往黔灵山方向走去。黔灵山并不高，却很有名，我想，即使路上碰到的那些猴子肯定也知道令此山如此出名的那位和尚吧。

很久以前，贵阳知府的女儿患了怪病。她的身体肿得像河豚一样，而城里的医生都治不好她的病，这也不奇怪，因为医生们都是被迫进府，费心费力却得不到任何报酬。而事实上知府很富有，是全城最大的地主，但是他也是全城最大的守财奴。女儿的病情日益加重，知府也越来越担心，绝望之下他宣布，谁治好女儿的病就给谁2000两金子。为防止江湖骗子骗钱不治病，他增加了一个条件，治不好病要挨打2000棍。

10天过去了，没有人上门。最后，在第11天的时候，一位法号赤松的老和尚出现了，他写下一个方子，知府照方抓药，果然女儿的病痊愈了。和尚来领取悬赏金的时候，知府冷笑一声，说女儿病愈是天意，与和尚的药没有任何关系。缺德的知府还下令杖打和尚2000棍。别说2000棍了，即使100棍也足以把人打死了。但是赤松不是一般的和尚，他是有法力的，被打的时候他一直不停地笑着，临走的时候，他告诉知府说，下次再见面，挨打的就是知府了。知府惊得哑口无言，再下令杖打那和尚的时候，和尚已然消失不见了。

第二天，不用说你也知道，知府的女儿突然陷入昏迷，知府没有办法，只能请赤松回来，他甚至把欠那和尚的2000两金子也拿了出来。赤松说知府还欠他2000棍，但是出家人慈悲为怀，所以就不杖打知府了，只要一块地就行。他只要袈裟那么大的一块地。吝啬的知府当然同意了。和尚将自己的袈裟抛向空中，袈裟变得像云彩一样大，罩住了他所住的整座山，也就是黔灵山，我正在登的就是这座山。最后，和尚治好了知府女儿的病，把金子都散给了城里的穷人，并建了一座庙。沿着这条小径往上走，拐过四十八道弯，就到那座庙了。

那座庙称作"弘福寺"，今天还矗立在那里，但是正在进行修缮，到处乱糟糟的。虽然建寺的故事很奇特，环境也很优美，但位于黔灵山山顶之上的弘福寺并不那么吸引人，它只不过是一个烧香捐钱的地方而已。我烧了香、捐了钱，来到寺院后面的墓塔林，心想，不知赤松的法力是否在这个时代也有施展的空间。但不容我多想，天又开始下起雪来，我赶紧往山下走。下山途中在路边卖茶的小摊上停留片刻，捧着一杯热茶暖了暖手，从另外一位小贩那里买了些炸馒头吃了。然后，我上了一辆公交车，一路穿过贵阳市来到南郊。

乘坐公交车穿过城市的时候，呛人的煤烟味熏得我直揾鼻子。冬天里，中国的任何一个城市都弥漫着煤烟味。我用手把嘴和鼻子全部揾起来，一直到公交车把我放在贵阳最有名的景点——甲秀楼为止。甲秀楼建在南明河上，"甲秀"的意思是"科甲挺秀、人文

黔灵山弘福寺

甲秀楼

甲天下"。

　　甲秀楼是一座出色的建筑，其所处的环境也同样风光宜人。甲秀楼始建于明万历二十六年，也就是1598年，建在河中间的一块巨石之上，为了纪念拦水堤坝的完工。之后数次重建，有桥衔接两岸。我走到河的中间，从外面向里张望，三层的楼阁里面空荡荡的，只展出了一些家具，而家具似乎是为逐客而设计的。我接受了这种暗示，当我从楼中走出的时候，我注意到另外一个更雄伟的建筑矗立在河对岸，那是观音殿，正从"文革"的废墟中拔地而起，它还未建完，于是我返身回宾馆。

　　再过几条马路就到宾馆时，我又在一条小街上停下，去看一看另一个古代楼阁。这座古楼称作"文昌阁"，建于1609年，比甲秀楼晚了几年。与甲秀楼孤独地矗立在河中间不同，文昌阁与其他建筑相连，四面有高墙环绕。实际上，明清两代，这里是全城的学术中心，而20世纪40年代，国民党把这里用作关押文人的监狱。不过现在被木板封死了，我只好继续步行返回宾馆。这时我开始想着早点吃晚饭，泡上个热水澡，躺在床上享受那瓶威士忌。途中，我经过一家卖啤酒鸭（灌了一肚子啤酒的鸭子）的饭店，看着那些挂在窗子里面的鸭子，我不由得庆幸自己近来实施了少饮啤酒的饮食计划。

走过那些死鸭子，我看到一个写有"缘觉素食馆"的招牌。这家餐馆紧靠延安路，距我住的贵阳金筑大酒店往西一个街区，往南三个街区。我搞不清这家饭馆是什么时候开的，但是几个月前它改头换面，重新开业，看起来像个传统的中式客栈。实际上这是一个佛寺，餐馆是由寺里的尼姑打理的。我曾在几个寺院里住过，吃过很多很好吃的寺院斋饭，但是缘觉的饭菜却属于不同的档次，似乎是某个美食家厌倦了红尘，专心致志地为脱离俗世的人准备的美味斋饭。我要了素香肠拌核桃仁、海苔拌蘑菇等小菜，然后点了中盘的"罗汉菜"，结果发现那绝对不止是中盘的量。用餐完毕，我向厨师表达了我的赞美，当然也向佛祖献上敬意。

我在贵阳吃得好、睡得好，还能洗澡，真是不错。但除此之外，城市本身却是乏善可陈。博物馆里唯一令人称道的展品是一群填充的飞鸟，黔灵山的和尚被山上的猴子抢了风头，城中最著名的甲秀楼如今被用来展览救世军①的家具。而我早把全城唯一的一瓶威士忌买走了。这里没有其他可做的事情了，只能继续前进。如果还有一件什么事能让我留在贵阳的话，就是那家中国唯一的白酒博

---

① 救世军(The Salvation Army)是一个成立于1865开的基督教派，以街头布道、慈善活动和社会服务著称。——编者注

物馆了。博物馆由中国最著名的白酒——茅台酒的制造商贵州酿酒公司①所建。但我在宾馆向人打听的时候，才得知酒厂和博物馆都在遵义，要往北走150公里，而我要一路西行。翌日清晨，我便踏上了西行的路。

---

① 现为中国贵州茅台酿酒（集团）有限公司。——编者注

/ 第九章 /

安　顺

再往西行，下一个比较大的城市是安顺，我在火车站乘坐每半小时一班的汽车前往那里，两小时后就到了。我在通往火车站的长街尽头下车，往东步行了好几个长长的街区，来到正面铺着黄色墙砖的少数民族宾馆。我不清楚宾馆与少数民族有什么关系，只是看上去有些原始。铺着大理石的酒店大堂空荡荡的，服务台倒是横贯大堂，还有12个用铁丝弯成的钟表，给阿布扎比①或者桑给巴尔②来的游客报告他们家乡的时间——比这里要早好几个小时呢。他们要起钱来可一点也没有不好意思。双人间要100块钱，那可是我在华丽无比的贵阳大酒店所付的价钱。而安顺并不是省会城市，它只是省里一个偏僻落后的城市而已。还好，价格可以商量，最后我只付了50块。

把安顺称作落后城市，并不是有意贬低它。事实上，我有意在偏僻的地方享受一下在省城没有享受到的东西。我把行李扔到10美元的房间里，几分钟之后就走在宾馆后面的偏僻的街道上。一连串

①　阿布扎比为阿联酋的首都。——编者注
②　桑给巴尔为坦桑尼亚联合共和国的沿海城市。——编者注

似乎无穷无尽的小巷，两旁都是小市场，我在其中随意走走看看。我停下脚步，羡慕地看着一个男人把烟叶卷起来塞进一根长长的带弯的竹筒顶端里面，然后吸了起来。烟筒用了很多年，竹子已经变成红色，玉制的烟嘴已经发黄。他问我是否想买下来，我说"当然"。他说10块钱，我说"当然"。然后他卷了一片新鲜的烟叶，坚持让我试吸一下。我说"当然"，然后，天旋地转……

一会儿，头不那么晕了，我又走回巷子里，继续在这片老城区里逛。老城区位于城里两个主要宾馆之间——民族宾馆与红山饭店。红山饭店位于城市的东北边，更现代一些，是个花园式庭院，价格也更低，里面甚至还有一家中国旅行社。但是，它地处城市的边缘，在一个几乎没有公交车的城市里，这是个很大的缺陷。

正逛着的时候，我过了一座桥，注意到某个屋脊上有一个佛教的法轮，于是进去查看一番，发现这是一座很小的寺院，我在里面遇到一位老和尚，自称正住在寺里养病。他是省佛教协会的秘书长，平常都住在贵阳。但是，他说，省会的空气实在不适宜呼吸，至少在冬天大家都烧煤的时候是这样的。我十分同意，请他好好养病，然后继续漫无目的地在老城区闲逛。七拐八拐之后，我在城里的文庙再次驻足。庙里两根石柱上的雕龙很漂亮，翻修部分的木工活很精湛，工人也相当友好。我继续往前逛。走过几个街区之后，我又一次停住脚步，这是一家挂着白单子的门口。白单子中间有个红十字，还有用英语写的"按摩"二字的招牌。这个词是我最愿意看到的，于是走了进去，但是里面没人，我于是接着往前走。我想，这一天时间里，我肯定停下来打探了十几个地方，得出的结论是，安顺这个地方一定要走着慢慢地看，各条街道都有迷宫般的露天市场，我担心可能会迷路。但是几乎所有的房子都是二层楼的木建筑，我可以不时地张望一下老城南头的石塔从而找到方向。

而石塔正是我最后到达的地方，我想我也应该到塔上去看看，但是石塔被迷宫般的墙和房子环绕着。我问一位老妇人怎样才能到那里，她只是耸了耸肩。不过，有三个孩子听到了我的询问，他们说知道路怎么走。这些小家伙大概只有8岁，但是脸和衣服上满是煤灰，他们对自己小区的每一寸土地都了如指掌。我随着他们穿行在街巷的迷宫中，爬上一堵墙，贴着危险的电线跨过两个屋顶，最终沿着小山陡坡爬到山顶的石塔处。

石塔大约高10米，以白色花岗岩建成，塔体是六面的，每面都雕着不同的佛像。没有上到山顶的路，所以石塔显然还不能列入游客参观的线路。根据当地有关资料记载，石塔是一个和尚于1326年建造的，1851年重建。小山上没有其他什么东西，只有几棵树在等待着春天的到来。于是我转身下山，这次是穿过一个建筑工地。工头看到了我，招手让我通过，但是他让三个孩子走原路返回，我向他们挥手道别。我的这些8岁的小导游们本可以带我游遍整个城市，但我已经约好要去一个厂子，那里生产安顺最著名的产品——蓝靛蜡染布。

厂子离石塔只有几条街，我准时到了那里。我早先在宾馆里打过电话，他们正在等着我。哦，就算在等我吧。也就是说，他们在厂子里，而我也到了。我从前门走进去的时候，门卫把我引到了接待室。几分钟后，市场部的经理进来了。显然他刚吃过一顿时间持续很长的午餐回来，并且喝得酩酊大醉，摇摇晃晃，站都站不住。但他仍坚持要带我在厂子里转转，他一路跌跌撞撞，我则尽量歪着身子离他越远越好，免得被他呼出的酒味熏倒。我当时只看了一个车间，里面上百名妇女正在将蜂蜡滴在早就印好图案的白布上。还

蜡染

没有来得及看印染工序，我的向导已经瘫倒在地上，只好由人把他扶了出去。我顿时得了解脱，抓住机会逃回到街上。

但我对蓝靛蜡染布的探索并没有结束，据说，是布依族率先想出了蜡染技术。离安顺不远有个地方叫石村，根据布依族的传说，石村里曾经有个姑娘以染布而远近闻名。有一天，一只蜜蜂落到待染的布面上，她把它嘘走了。但是布染好之后，她发现蜜蜂落过的布面上有个小白点。她只好把布拿到存放着靛蓝的染桶中去，想重新把布染一次，试图覆盖掉蜡迹。染完之后，她又把布拿到沸水中去漂清浮色。当她把布从沸水中取出来的时候，奇迹出现了，深蓝色的布上被蜂蜡沾过的地方出现了美丽的白花，由此，她发明了蜡染技术。2000年之后，安顺蜡染总厂一百多位妇女仍然在使用这项技术，去年一年就生产出了150万米蜡染布。

/ 第十章 /

布依族

　　除了城市本身有一些魅力之外，安顺还是前往几个热门景区的出发地，其中就包括中国最大的瀑布——黄果树瀑布。从安顺去那里，只有45公里，路况是全省最好的，沿途经过石灰岩山水景观，还有布依族村寨。我难抵诱惑，次日一早便穿行于山水之间，向瀑布出发。

　　根据布依族的传说，很久很久以前，有一个坏地主，他娶了一位美丽的年轻姑娘，一年之后姑娘生下一个女儿。这时，地主却喜欢上了另外一个女人，就逼着他的妻子跳入白水河，就在他妻子跳入河水的一刹那，她变成了一只喜鹊。后来，她的女儿长大了，与一位年轻的牧羊人相恋，两人决定一起私奔，于是他们来到白水河边，做了一只木筏子，向下游划去。但有人看到了他们并告诉了她的父亲，父亲和他所有的喽啰全都来到河上，乘着八艘大船拼命划桨追赶这对恋人，不一会儿工夫，其中的一艘大船离他们只有几米远了。正在这时，喜鹊从空中俯冲下来，给了她女儿8片羽毛，实际上这些羽毛都是有魔力的发簪，她让女儿将其中一片掷到木筏子后面，女儿依计而行，河水马上分成两半，将那艘紧跟在后面的船只埋入水底。每当一艘船快追上的时候，就会发生同样的事情，最后只剩下她父亲的那艘船了，这时，喜鹊投身入河，一个无底的深渊张开大嘴将地主的船吞没了，从此，这对年轻人过上了幸福的生活。黄果树和这里其他的瀑布就是这么来的。经过一个小时多一点，我来到了黄果树风景区。

黄果树宾馆是离瀑布最近的一家宾馆，只有几百米远。我办好入住手续后，早早吃了午餐，跟着其他的游客沿着一条小路来到瀑布的下面。瀑布得名于一棵长得像榕树的巨大的黄果树，巨树长在瀑布边上，明朝的游客首次发现瀑布的时候以这棵树为瀑布命名。在它早期的游客中有最伟大的游记作家徐霞客，他写的游记很快就吸引了其他人前来。现在，每天都有几百人到这里游览。黄果树瀑布被称为中国最大的瀑布。我不太清楚为何它能得此殊荣。它的高度是70多米，并非中国落差最大的瀑布，而黄河壶口瀑布的水量远大于这里。但是这里的瀑布雄伟壮观，游客不仅可以俯瞰，还可以仰望，甚至还可以从瀑布的后面欣赏。我发现，从瀑布的底部沿着小径可以一直走到瀑布后面的一个石灰岩岩洞，岩洞从瀑布的一侧延伸到另一侧，中间有6个洞口，站在洞口，游客可以从几尺远甚至几寸远的地方近距离地接触声如雷鸣的水幕。当天晚上，我躺在床上，听着瀑布的轰鸣声入睡。

第二天早晨，雷鸣声仍然声声在耳。黄果树瀑布只是几公里范围内8个瀑布中的一个而已。8个瀑布中的4个（包括黄果树瀑布在内）均位于白水河沿岸，而第5个瀑布位于白水河变为三岔河后向南几公里处，人称银链瀑。它虽然不大，但位于天星桥水上石林区的中心，我有种到那里一探究竟的冲动。

去往天星桥有公交车，大约每小时一班，要坐满人才发车，也可以在黄果树搭某个旅游团的顺风车去天星桥。但是，我决定步行

黄果树瀑布

前往，从我住的宾馆那里顺着一条蜿蜒的路向南走。走了大约十分钟，在左手边看到一个小路牌，指向下山的方向，是滑石哨村。虽然路牌上没有说明，但是这条小道也是通往天星桥的捷径，我于是沿着石阶向下走去，几分钟后，就到了布依族寨子滑石哨。

和其他布依族寨子一样，这里的房子全是用石头垒的，就连屋顶也是石头的，用石板覆盖而成。房子的外观与我参观过的其他少数民族村寨有很大不同，那些房子都是木头的，建在木桩之上。不过，礼节都是一样的。我在村旁一棵巨大的黄果树下坐下来，等着有人请我进村。

我一边等一边掏出头天晚上在宾馆小卖部买的一本书，翻看有关布依族的内容。书中说，"布"字的意思是"男人"，而"布依"就是"男人的部落"。[①]截至1990年，中国生活着254万余"男人的部落"成员，其中大多数聚集在贵州的南半部，也就是我目前所在的地方。与苗族、瑶族和侗族不同的是，这些部落的祖先的家园都可以追溯到扬子江和黄河流域肥沃的河谷地带，布依族则一直生活在他们现在所在的地方，他们的神话中从来没有提及过更远的地方。然而，没有人知道布依族到底在这里生活多长时间了。两千年前，汉人将所辖地区以南的所有部落称作"百越"，布依族就是其中一个部落，我在广西探访过的壮族也是。

布依族对自己的祖先并不是很清楚，不同的村寨所讲的故事也不尽相同，但有一点是他们公认的，他们最早的祖先是"布灵"。在布依语中，"布灵"的意思是"人猿"，这样看来，达尔文提出

---

① 按布依语，"布"是"人们共同体"的意思，也包含"民族"的意思；"依"即"夷"，"布依"意即"夷族"，源出"南夷"。——编者注

人类与其多毛的表亲之间存在联系的理论，时间上就要晚于布依族了。据布依族的传说，很久以前，两块石头相撞产生的火花生出了布灵，布灵又从自己身体的不同部位中创造了万物。很明显，造物过程是很奇特的，比如，布灵拔下身上所有的汗毛扔到地上，每一根汗毛生出了一个人。拔完汗毛，布灵并没有停止，他又砍掉自己的双脚，化成了山，将指头砍下变成了树木。他的耳朵长出百花，他的鼻子飞出百鸟，他的内脏变成了河流和大海。布灵不停地砍下去，最后只剩下他的右手、舌头和心脏。现在你猜猜看，他用这些又造出了什么？告诉你吧，他把自己的心脏扔到地下，生出来勒灵，也就是布依族的祖先。他的右手飞到了月亮上，变成了一棵桂树，满月的时候清晰可见。而他的舌头化成了彩虹，雨过天晴后你也可以见到。

布灵，也就是人猿，从此消失了，留下小猴子勒灵掌管世界。但是，世界蛮荒未驯，勒灵就教汗毛部落的人如何制作弓箭来保护自己并猎取食物，还教他们击石取火来做饭取暖，这一点让我想起了布灵，他就是两块石头相撞生出来的。万物就是这样来的。布依族每年春天庆祝万物重生的时候，他们所唱的长达3000句的歌中讲述了这一切。

目前是3月上旬，春节已经过去了几个星期，但是我仍然能享受到一点布依族热情的款待。我在滑石哨寨子外面坐下来，读着布依族的历史。正在这时，一对从田里回家的老夫妻走了过来，邀请我到他们家中喝碗茶。

像寨子里其他人家的房子一样，这里的墙全是用石头垒成的，甚至房顶也是石头的。不过，内饰都是用木头做成的。在这种森林早已被梯田取代的地方，石头便宜而木头更贵，建房使用木头仅限于内部装饰。与我参观过的壮、瑶、侗和苗寨全部用木头建造的房子不同，这里的房子没有做饭和让客人烤火的火塘，厨房在另外一间房中，有一个砖砌的火炉，主人煮了水准备泡茶，我坐等的时候，注意到露天阁楼上有一对棺材，和苗族人一样，布依族人死前不准备好自己的棺材是不会开心的。

这对夫妻家里显然挺殷实的，他们离汉人的镇子并不远，但是妻子穿着传统的布依族上衣。它与我目前为止所见过的少数民族服装都有明显的不同。首先，刺绣就大不一样。与苗族、瑶族所喜欢的繁复的几何图案不同，主人的妻子在她的上衣上绣满了云团和波浪图案。其次，就是布依族的蜡染。按照中国人的说法，布依族不仅生产中国最好的蜡染布，他们还是蜡染的发明者。无论真假，布依族的蜡染确实独树一帜。布依族的蜡染布如此漂亮，其中的一个原因是他们知道如何运用染料，不是生产蜡染布的工厂所用的合成染料，而是天然的染料。这些染料中最重要的是蓝靛。实际上，蓝靛在布依文化中也扮演着特殊的角色。

举个例子，如果一个男孩子想娶一个女孩子，他就会送她蓝靛。如果她接受了，她会回赠一匹自己家织的棉布，棉布是用她设计的最漂亮的蜂蜡图案和男孩子送的蓝靛染成的。主人的上衣就是一个很好的例证，袖子上是大片的蜡染螺纹图案。这件上衣真是太漂亮了，我最后把它买了下来。我收藏的少数民族服饰已经占了旅行箱的一半，我还没有想好怎样处理这些衣服。我想，某一天，我可能会把它们交给我的女儿——当某一天有个男孩子送她蓝靛时。

最后，水烧开了，茶沏好了，主人夫妇端给我一个泡着茶叶的大碗，还往碗里放了一块冰糖。茶里放糖，这事挺新鲜的，但这种方式很受欢迎——能迅速补充能量。热糖水是中国的隐士招待客人最喜欢沏的饮料。

滑石哨离黄果树瀑布步行只有30分钟的路程，瀑布那里每天都游人如织，寨子这里却是别有洞天。寨子里住着百余位村民，全都靠耕田捕鱼为生。如果生产的粮食和捕获的鱼除自己吃之外还有富余，他们就觉得很幸运了。而且他们绝对知道在幸运的时候应该如何享受。中国任何一个部落都不如布依族会唱那么多的饮酒歌。和西方的"多少个酒瓶在墙上"那种饮酒歌不同，他们的饮酒歌里充满了主宾之间互相自谦和夸赞对方的对话。在黄果树宾馆的小商店里，我还买了一本关于布依族饮酒歌的书，以备不时之需。我还将其中一首歌的一小部分翻译出来，让大家看看布依族的歌到底是怎样唱的。

主人先唱："我们的房子藏在深谷/没有好酒让你润喉/我们的房子立在石崖/没有好酒招待大家/抱歉，抱歉，实在抱歉/实在无法抬起头来。"

客人答唱："你的家庭人多富足/房子敞亮还养着大肥猪/你酿的美酒远近闻名/现在已经斟满我的酒杯/感谢，感谢，万分感谢/你对客人招待周到。"

这样的歌会你来我往唱6次，有时还会有更长的副歌部分。很遗憾，我只记住了几段短短的副歌，但没有一段派上用场。其实我是尽量按捺住唱歌的冲动。我到这里的时候没赶上任何节日，能喝到的东西只有茶。我买的书中又没有什么饮茶歌，我只能像哑巴一样坐在那里，这时主人说他们要出去再挖一些蓝靛。

他们要去挖蓝靛的地方与我前往之处是同一个方向，我便与他们一起下山到河边去，途中经过他们的梯田。时值3月份，还不到栽种夏季作物的时间，但是梯田1/3的面积已经种上了麦子或绿豆，还有红花，当地人用红花种子来榨食用油。我的布依族主人夫妇，为了挖蓝靛根，带了一柄鹤嘴锄和一根长长的铁棍。他们说自己的农具也可以当作武器使用，我没有多问，但也不明白他们为什么这么说。

我们继续下山走到沿河的大路，一切看上去挺安全的，但是主人夫妇说周围的山里有土匪。我对此表示怀疑，但是为了证明他们确实生活在法律管不着的地方，丈夫说他和妻子生了4个孩子，3男1女，4个孩子都是在政府颁布一对夫妻一个孩的法律之后出生的。很显然，在布依族的地盘上，天高皇帝远。

最后，主人与我道别，趟水过河。他们要翻过邻近的一个山头，而我继续前行。几分钟后，我拐过一个弯来到了天星桥公园的停车场。早些时候，布依族夫妇告诉我说，公园围起来的地方曾一度为他们家所拥有，但后来被政府征用了。

我付了门票，进入公园。园内风景奇异秀丽，山石流水，林木葱郁。政府从布依村民手中征得这块地后，把三岔河水引来，流经一片奇峰异石组成的石灰岩地貌，其间长满了榕树和各种仙人掌，包括龙舌兰和无刺的仙人球类的植物。一条石阶小径穿过水流石转的大自然迷宫，通往下游一片更开阔的地带。徜徉了一个多小时后，我来到了银链瀑。

我已经在上游参观过中国最大的瀑布群——黄果树瀑布群。黄果树瀑布除了大之外，并无特别吸引人之处——只是几片水流自崖壁直泄而下，两旁布满了建筑物，上空有电线穿过。银链瀑却不同，它只有黄果树瀑布的1/20大小，仿佛是河流女神胸前挂着的一串串交错的银珠水链，这是我平生所见过的最美的瀑布。

美景醉人，但我强迫自己继续前行。这处称为天星桥的水上仙

银链瀑

境位于黄果树瀑布下游6公里处，风景美不胜收。有些地方我不得不凝神谛听。穿过水流石转、葱茏叠翠的迷宫，沿河而下，而后上行到达银链瀑。沿石径继续前行，就到了天星桥景区，公园的名字也由此而来。天星桥实际上是书法家的笔误，本来叫作天生桥。不管叫什么，它与我走过的任何桥都大不相同。

　　这座桥（如果可以称之为桥的话）始于三岔河消失在地下溶洞之处。河水在地下流经长达一公里的石灰岩峡谷之后又冒出地面。走在峡谷之中，我能听到河水的声音，却见不到河的影子。这让我想起了小时候在美国爱达荷州一个刚刚结冰的湖面上行走的情景。冰面呈透明的黑色，每走一步，我都告诉自己湖水不像看上去离我那么近，而在这里，河水应该也不像听上去那么近。后来，每当我穿越刚结冰的水面时，我都在裤兜里塞一把鹤嘴镐，万一冰面塌陷，我可以用镐自救，而这一次，我只有一瓶威士忌，以备不时之需。

喝了几口酒之后，即使整个峡谷的地面都塌陷，我也无所谓了。而我对天星桥的记录和回忆也就此打住。现在，我只记得天星桥就像宣传中所说的那样，是一个水上仙境。那时天星桥宣传得很响，多数旅行团都把它作为行程之一。我很幸运地碰上了一个正在此游览的旅行团，司机答应捎我回安顺。我回宾馆取行李时，他停车等了我好大一会儿。

回安顺的路上，司机告诉我，这是他干过的最好的工作，一个月能挣的钱相当于70美元。他说，此前的日子过得很苦。

在回安顺之前，这辆旅游车还要停靠一个景点。汽车在石灰岩山峦和盛开着红花的梯田之间盘旋而行，偶尔可见几座布依族石舍村寨。我们来到了一个叫"龙宫"的地方，在停车场我加入了另外一个团队，沿山坡爬到一个小湖边，登上一艘铁船。船上凑了大约12位乘客的时候，船工解开缆绳用篙撑船送我们过湖，划进一个岩洞中，我们把头低下来，进入漆黑的古老岩洞，我们低下头免得被洞顶上悬垂下来的岩石碰到，这时船工给我们讲了有关龙洞的故事。

很久以前，有一条龙住在这个洞中，他是传承了很多代的龙家族的最后一位。他很寂寞，又经常大发雷霆，因此给住在附近的人们带来无尽的灾难。一天，一位布依族的少女来到湖边，在从龙洞流出的湖水中洗黄豆。通常，人们对这个湖避之唯恐不及，但是她年幼无知又有些鲁莽。正洗黄豆的时候，她滑了一跤跌进湖中，马上消失在湖面下的幽暗之中，从此人们再也没有见过她，至少没有见过她以人形出现。

几个月过去了，她现身在父母的梦中，告诉他们她掉入湖中之

龙宫

后被一条龙救起，龙把她带到自己的洞中，经过短时间的求爱，她成了他的妻子，龙也答应以后再也不会给布依族惹麻烦。她让父母不要挂念，但是她需要一样东西，她告诉父母为她送些豆浆过去。第二天正好是新年，她父母来到湖边，把一大罐豆浆倒入湖水中，他们的女儿就用豆浆喂养她的龙子龙女。从此之后，每年新年的时候布依族都会来到湖边把豆浆倒入湖中，以确保洞中的神龙能为庄稼降下足够的雨水。

船工的故事讲完了，我们抬起头，发现已经置身于龙宫之中。龙宫由一连串地下河溶洞组成，据船工讲，是龙的布依族妻子将龙洞布置成如今的样子。地下河总共串起了90个类似的溶洞，但是只有被称作龙洞的这一部分对公众开放。

从入口进去之后，我们的船荡入一间巨大的石灰岩大厅，厅中霓虹闪烁。灯光效果有些俗气，他们应该在灯光布置方面多动动脑筋。实际上，间接照明可能效果更好。不过给人的印象还是很深刻，在地下溶洞里幽暗的河上泛舟的感觉实在令人毛骨悚然，龙在这里肯定很自在。

我们穿过6个这样的溶洞，前进了800多米，这只占整个地下河的1/5，然后船工沿来时的路线撑船把我们送回来，往返用了不到40分钟，但却是令人难忘的40分钟。就在洞口的外面，河水泄入另外一个溶洞，化身为一个瀑布，然后流经山脚下的公园而去。返程途中，我们坐下来品尝一种贵州当地的小吃，在一个圆顶状的烤架上自己烤土豆片和豆腐干，蘸着盐巴、茴香面和红辣椒吃，真香，再就一口啤酒或威士忌就更棒了。

/ 第十一章 /

毽子洞

在安顺少数民族宾馆又住了一夜后，我再次出发了，南边的景点我都看过了，这次的目的地是北边，我要去看另外一个溶洞，它可不是个一般的溶洞，而是打鸡洞，又称毽子洞①。中国科学院的地质学家称，这是世界上保存最完好的石灰岩溶洞。他们还说这里是世界上最漂亮的石灰岩溶洞，当然作为地质学家下这样的论断似乎有些奇怪。

我想我最好自己去探查，于是就从中心车站搭一早的汽车前往。汽车开往距离溶洞约20公里的织金县城。每天也有几趟车从安顺北站发出，但是听人说，从中心车站出发的车座位是带软垫的，而不是硬板座，前往织金的路程很长，路况也很糟糕。

糟糕的事情很快就来了。从安顺往北开了大约一个小时，我们的车就在一长溜儿汽车、卡车和拖拉机后面停住了。前面的路因交通事故堵住了，出事的是从北站开往织金的早班车。我们都挤到事故现场，很容易看出事故到底是如何发生的。汽车在拐弯的时候与

---

① 作者所称的"毽子洞"即"织金洞"，又称"打鸡洞""乾宏洞"。——编者注

一辆装满煤的卡车撞在一起，卡车当时是逆行拐弯。迎面相撞的汽车侧翻到了旁边的田中。卡车车身扭曲，整车的煤都倾倒在路面上，我没有看到尸体，也许我没有看仔细。

一小时后，一群养路工从事故现场中设法清出一条路来，我们的车开始沿着越来越高的山路盘旋而上。行车途中，没有一个人像往常乘坐长途车的时候那样在车上睡觉，似乎每个人都在侧耳倾听是否有拉煤卡车的轰隆声。途中，我们还经过了几个布依族寨子，并在一个寨子停了一段时间，以便大家再买些煎土豆片和豆腐蘸着茴香面和辣椒吃，当时全村的人都出来看我吃。在盘山路快要到顶的时候，车子停了下来，给汽车顶上的水箱加水。司机座位边上有个手柄，通过它可以控制水箱向刹车装置供水，以避免到织金的很长的下坡路上刹车片过热。我们最终在离开安顺5个小时后抵达了织金，仅仅晚到了一个小时。

打鸡洞还得往北走20公里，于是我从长途车站步行来到区间车站，去坐那种人满即开的客车。几分钟之后，我又在另外一条蜿蜒的山路上了。途中，我们经过了上百位向同一方向步行前进的人，他们都是苗族人，那天正好是圩日，原来他们去赶的圩场恰巧就在打鸡洞的前面。我们的车一路按着喇叭从人群中穿过，10分钟就到了溶洞入口前面的停车场。停车场不仅仅用来停车以及举办每周一次的圩集，也用来做运动场，当地孩子最喜欢的运动是用脚背把毽子踢向空中。他们将附近的溶洞称作打鸡洞或者毽子洞，显然与这项运动有关。至少我们车上的司机是这样解释的，我觉得挺有道理。

洞口的牌子上说，这里上午9点开门，下午6点关门，游览全洞需要3个小时，所有的游客必须跟团游览。我们是下午3点到的，刚好赶上当天最后一次游览，票价15元，即3美元，在中国来说是比较贵的门票价格了。中国人也同样要付15元，工薪阶层和当地曾经用溶洞举行宗教仪式的少数民族基本上被拒之门外。

与我一起到达的团队由来自贵阳的一家省级日报社的工作人员（记者）组成。在入口等了片刻，我们的导游出现了，我们进入了中国人自称的世界上最大、保存最完好、最漂亮的石灰岩溶洞，这些确实都是事实。

自从二十多年前得知这个溶洞后，当局修建了一条3公里长的地下步行道，以便游客观赏这个世界上最大、保存最完好、最漂亮的石灰岩溶洞。整个参观过程需要2～3个小时，这取决于导游让游客逗留时间的长短以及游客行走的速度。为了不让游客逗留太久，每个洞里的灯光都连接着计时器，导游一旦离开，拖后的游客就处于黑暗之中了。我们参观的时候，那些平素心性淡泊的中国游客也在抱怨走得太快了。我本人对计时器的抱怨远不如对照明效果的抱怨来得大。裸露的霓虹灯管和电线与中国最美的地下溶洞一点都不般配。这里确实很美，好像是雕塑家死后等候去地狱时停尸的地方。有些雕塑家肯定在这里停了好久。他们留下的作品呈现出人类已知的所有形态，似乎在用自己的艺术娱乐阎王爷以便尽量拖延堕入冥界的时间。有的像丝带从洞顶垂下，有的像柱子拔地而起，洞壁简直就是一个无尽的艺术画廊，导游把这些作品比作亭台楼阁、花草树木或飞禽走兽，又或许是观音菩萨或毛主席在此设站迎接去世的雕塑家们来到九泉之下？尽管这里允许拍照，但大多数时间我的相机因潮气而无法使用。即使空气不那么潮湿，可以正常拍照时，洞里的钟乳石和石笋因蒙上一层薄薄的灰尘而难现其美，只有在断裂之处你才能欣赏其半透明的美丽。

毽子洞

两个半小时的溶洞奇境游览结束后，我们返回到人间，天色已晚。最后一班回织金的长途车已经开走，团队其他人陆续走进了洞口旁的宾馆。但我决意要在织金住一晚，好赶早班车回安顺，因此我没住宾馆，而是走到已经散市的圩集。二十几个苗家人正往一辆破旧的卡车上收拾货物，司机说他们往织金方向去，并招手让我上车。我爬上车时踢到一位老妇的头，她却只是笑了笑，递给我一块烤土豆，几分钟后，我们就颠簸下山了，卡车每颠一下，我们就像一群孩子样尖叫一阵，幸亏没有人掉下车。

40分钟后，我回到了织金。在老解放牌卡车的后面与一群苗家人及他们的货物坐在一起，真是开心。我跳下车，依依不舍地与他们挥手告别，然后去找旅馆。在织金，外国人一般住在县政府大楼旁的宾馆，但那里离我下车的地方还有两公里，于是我说服了汽车站对面那家政府招待所的服务员，说我太累了，走不了那么远，他就答应让我住一晚上。

我把行李放在二楼的房间，在街上不远处一家小饭馆吃晚饭。厨子给我做了一大盘土豆炒豆干。这次，不像通常一样放茴香和辣椒，他浇上了一些牛肉汁，真好吃呀，我的酒瘾被勾起来，一周来第一次喝了点啤酒。回到旅馆，我在公共浴室的池子里同其他几个客人一起泡澡，那池子足有我住的房间那么大。我一边泡澡一边回想着一路的颠簸。我有好多年没这样洗澡了，最初在中国旅行时，每个城市都有公共澡堂，而且大多数城市都有好几个。它们不仅仅是给旅行者以及当地人提供洗澡的地方，还是社交场所，大家都在此谈论当天发生的新鲜事。我本来想加入他们的交谈，转念又觉得他们不会对我搭车下山的事感兴趣，而这正是我要讲的重点。

那是漫长的一天，我回到房间就睡着了。这是公共澡堂的另一个好处，和小浴盆相比，它让你泡的时间更长。好在我上了闹钟，足足睡了9个小时，要不是闹铃叫醒我，我还得再睡一阵子。我走到街对面的汽车站，刚好赶上7点钟南行回安顺的班车。

如果晚来一个月的时间，我就能从这里继续向北行100公里，到中国杜鹃花保护区游览一番。那里的杜鹃花树能长到10米高，绵延上百平方公里，漫山遍野都是粉色、红色和白色的花。每年的4月份杜鹃花开的时节，当地苗族、彝族的青年男女都来对唱山歌，寻爱寄情。但我来的时候正是3月份，我只能选择坐4个小时的车回安顺去。一路上乏味至极，我很快就进入梦乡之中了。

/ 第十二章 /

草海湖

回到安顺已是中午。过去的几天之中，我已经分别游览了安顺东面、南面和北面的景点，现在该回到西行的路线上了，向西走下一个大城市就是六盘水。每天有一班汽车开往那里，全程5个小时，但是我到汽车站的时候，车已经离开了，我唯一的选择就只有坐火车了。那时我已经赶不上早上和中午的火车，但还有晚上的直达车，而且只有两个半小时的路程。在火车站买到车票后，我回到民族宾馆，租了一间钟点房，决定不再出去游览，而是好好地休息一下午。我什么也没做，只是躺着、靠着，补写我的日志。

火车是头天从广州发出的，到六盘水只晚点了5分钟，停靠的时间也不长，刚够我和其他几千人挤上车。我设法在两节车厢之间找到放行李的地方，虽然乘客拥挤不堪，但我至少还可以在我的行李上坐下来。几分钟后，列车员挤了过来，为我提供了一个更好的地方——卧铺。

中国的火车上，工作人员还是挺照顾外国人的。我知道，部分原因是他们不想外国人乘坐他们的火车时遇到被扒窃的问题，但是他们也是真的关心外国人，在中国西南尤其如此，这里的火车不多，外国人更是少见。但这一次，我对列车员表示谢意后拒绝了卧铺。毕竟，到六盘水只有两个半小时的车程。

六盘水是一座煤城，也是一座钢城，人们印象中这是一个蛮荒之地。大多数火车站，下车的旅客只能经过出站口出站，门口有人最后一次查验车票。但在六盘水，十几个当地旅馆揽客的人直接来到站台上迎接我们的火车，我随着其中一人跨过铁轨，从篱笆洞里穿过，进了一条小胡同，来到一户私人住宅，这里就是我过夜的地方了。

六盘水位于贵州省的西部，加上东半部的凯里和中间的省会城市贵阳，这三个城市是该省的工业重镇。该省1/3的用煤来自六盘水周围的山中，其中大部分供应附近十几个钢厂。但是，我来这里不是见证中国版工业革命的，而是希望能观赏到一种稀有的鸟类——黑颈鹤。我知道鹤的黑颈并不是被六盘水的煤灰染黑的。我在六盘水一刻也没有多待，次日一早便离开我那未经注册的私人旅馆步行前往汽车站，到了车站也只等了5分钟就乘上一辆未经注册的私人客车。汽车开往东北方80公里外的威宁，那里有草海自然保护区，据报道，黑颈鹤和另外十几种稀有鸟类就栖息在那里。

我很高兴将六盘水泥泞的街道甩到身后，进入山中。过去的几天中，雪时下时停，现在已经开始融化，而此刻雾也起来了。途中见到一辆卡车，几分钟之前从山崖跌落，顺着山坡侧翻进了路基下30米深的麦田里，司机没有受伤，只是看上去有些茫然。我们的司机把车停下来，等着那个司机写好字条，以便帮他给威宁捎个信，接着我们又在雾中继续赶路。

贵州人有句谚语："人无三两银，地无三里平，天无三日晴。"这种说法在贵州旅游当局那里显然不受欢迎，但却是真实情况，尤其最后一句关于天气的说法。在去威宁的半路上，我所乘的汽车正翻过一座山的时候，太阳出来了，这是我来到贵州后第一次见到太阳。此时正是清晨，雾刚刚开始散去，太阳看上去就像藏在彝族山寨后面刚刚露出头来。

在贵州，彝族是仅次于苗族的最大的少数民族。按照彝族人的传说，很久以前世界上没有光，人们和动物都生活在黑暗之中，创世之神斯兹底尼看到大地上的生物备受煎熬，于是派遣阿吕举兹下来为大地提供光明。阿吕举兹遵命而行，但他只懂得听从命令。他在天上装了7个太阳和9个月亮，然后汇报说已经圆满地完成了任务。之后他和斯兹底尼又赶去另外一个世界处理问题去了。

而此时的大地上，植物焦赤，河流干涸，人和动物没吃没喝，最后还是彝族人的大英雄支格阿龙爬到高山之巅，将他的神箭射向天空，射落了6个太阳和8个月亮。剩下的一个太阳和一个月亮吓得藏了起来，后来支格阿龙费了好大劲才把他们重新引诱出来，重新回到天上的日月在彝族人聚居的地方还是有些害怕，这就是贵州"天无三日晴"的原因。

我就是在这样难得晴朗的一天来到了高原之城威宁。到达威宁之前，我们的车在一望无际的长满芦苇的湖边驶过，那就是贵州著名的草海湖，中国最独特的自然保护区之一。在车站下车后，我返身向湖边走去，但还没到湖边，我又右转身来到自然保护区的总部，从这里正好可以瞭望在他们保护之下的草海湖。

根据地质学家的说法，草海湖由附近地区不断隆起的山脉中流出的水在过去几百万年的时间里汇聚而成。由于周围的山峰不断抬升，流水没有出路形成了湖，这里成了野生动植物的避难所。大约一百年前，中国人觉得这里是种粮食的好地方，尝试把湖里的水排干。过去的百年之中，他们曾做过8次这样的尝试，最后一次是在"文革"期间。当地的地方志记载称，每一次要排干湖水的时候，

草海湖

都会发生冰雹、大旱、蝗灾，但人们仍然不肯罢休。

最终，在"文革"结束之后，省政府同意将草海湖恢复到自然的状态。那是1980年的事。5年之后，政府将湖的控制权转交给新成立的贵州省环境保护局，7年之后我踏进了他们的大门。主楼的大厅里空荡荡的，在其中一条走廊里，我见到了陈先生，他是这里的局长。我很惊讶一个自然保护区居然离市中心如此之近，于是就问陈先生城市对湖中的野生动植物有什么影响。他回答说，确实存在工业污染和农业用地蚕食湖面的问题，但自从把湖变成自然保护区之后，最后一次排湖之前生活在这里的大多数野生动物已经被吸引回来。

陈先生承认他本人以前没有在环保领域工作的经验，之前他一直在县政府工作，但是，要解决新上马的工厂和老农田的问题，需要当地政府其他部门的协助，而他本人与这些部门关系很密切。其实，县政府的新办公楼正在街对面拔地而起。

虽然缺乏环保工作经验，但显而易见，陈先生对自己的工作充满激情，他带我观看了满是鸟类标本的展室。他说，湖上生活着一百多种不同的鸟类，其中四十多种在此地过冬。在此过冬的鸟中，就有吸引我来到这里的珍稀鸟类黑颈鹤。黑颈鹤在青海省度过夏季和秋季，那里离黄河的源头不远。我曾经到黄河源头游览，但很遗憾，我离开的时间太早了，无缘见到这些长着羽毛的"驴友"。我向陈先生提起此事，他说可以弥补我此前的遗憾，招呼我跟他到湖上去。

几分钟后，我们登上一艘小艇，陈先生和他的一位助手把小艇从岸边撑到一条长长的水道里，然后进入世界上最奇特的自然保护区。大多数的自然保护区都设有某种缓冲区加以保护，但草海湖自然保护区却紧挨着一座大城镇，还有上千块农田，这些农田就是"文革"期间填湖造田遗留下来的。

陈先生说，1985年政府建立自然保护区的时候，划出了一块25平方公里的地方，其中湖本身的面积占20平方公里，另外5平方公里是湖周围的沼泽地。当我们的船穿过水道前往沼泽地的时候，突然间拐入临近的一条水道，局长告诉我别动。一对黑颈鹤正站在不到30米外的田里，船工向着鹤所在的方向划过去。黑颈鹤是世界上最稀有的鸟类之一，是鹤家族中最珍稀的品种。受到保护后，它们的数量从原来的几百只上升到目前的上千只，其中1/3每年秋天来临的时候，从它们在黄河源头附近的栖息地，南飞来到草海湖过冬。陈先生说，此前世界野生动植物联合会的会长曾4次来到这里，观赏黑颈鹤。我们继续接近它们，15米，10米，5米，这时它们飞了起来，缓慢而优雅。它们盘旋着从我们的小艇正上方飞过，飞得很低，我甚至感觉到它们翅膀带起来的风。这种鸟体型巨大，身体是白色的，初级飞羽是白色，次级飞羽呈黑色，脖子也是黑色的，两眼中间有块红斑。局长估计它们体重大约在8公斤，大约是加拿大野鹅的两倍。我还是个孩子的时候曾经在爱达荷州打过野鹅，但从来没有得手过。野鸭子就没有这么好的运气了。我14岁那年，某一天突然爆发，一连射下来24只绿头鸭，害得我们每天吃鸭子，足足吃了一个月，而一只黑颈鹤就足够吃上一个月的。这次它们离我太近了，绝不会失手，我瞄准了两只鹤——当然是用我的尼康相机。

随后，我们进入草海湖深处，这里的平均深度达到两米。在湖上的一个小时里，我们还看到了灰鹤、斑头雁以及火鸭。但是除了黑颈鹤之外，其他的都是留鸟。最后，陈先生的助手把我们撑回岸边，我感谢他们给我提供了这么难得的机会。陈先生说，下一次我应该先

鹤与湖

飞翔中的黑颈鹤

申请通行证，自然保护区并不对外国游客开放，外国人要来参观应当事先与当地外事办联系。但我一如既往莽撞地闯了进来，还算幸运，局长是一个热情的向导，并不太在乎那些烦琐的手续，他邀请我下次再来的时候多待两天，还说自然保护区有自己的一家小旅馆供游客住宿。我答应再回来，与他们挥手作别，走着回到了市中心。

回六盘水的最后一班汽车是中午两点发车，我决定乘这班车回去。威宁还有几个景点，我原本可以住下来看一看的，但我已经看到黑颈鹤了。另外，我想从六盘水坐晚上的火车前往昆明。昆明属于云南省，即"彩云之南"，中国人称其为"春城"。我现在还在贵州省。贵州倒是值得一看，但我来得有点早。自从我3月2日来到这里之后，除了雨、雪和乌云没见过别的。到威宁的当天见到了太阳，这让我觉得必须多晒太阳，于是我返回六盘水，回到能把我从冬天带到春天的铁路线上。

返回六盘水的半路上，车停下来加油。正碰上赶集的日子，路上到处是缠头巾的男人和穿着刺绣花裙的女人。这些都是苗族人，再具体一点说，是大花苗。车停的时间不长，我没来得及研究他们的刺绣，但是一位名叫塞缪尔·波拉德的外国人曾经做过研究。他是一位基督教传教士，曾经利用威宁地区苗族妇女刺绣图案花纹创造了一种大花苗文字，并用新创造的文字在日本印刷《圣经》和赞美诗，带到贵州省各地散发。这种文字是独创性的，甚至在共产党当政后仍在使用。遗憾的是，我在威宁待的时间不够，搞不清楚是否还有人使用这种文字。

车加满了油，我们继续赶路，离开威宁3个小时之后，我回到了六盘水火车站。当时是下午5点，而晚上开往昆明的火车要到10:30才开车。我买到的是站票，也就是说，上车后只保证有站着的地方，但是，卖票给我的车站服务员尽其所能让我等候得更舒服些。首先，她把我领到车站员工淋浴处，让我洗去一路的征尘。洗完之后，她又带我到车站招待所，我在那里舒舒服服地躺下来睡了一觉，睡醒起来正好赶上开往昆明的夜车。我又一次感觉到，好像神灵也在护佑我。

可是，当10点30分的火车开进车站的时候，神灵就不见了踪影。几百号人乱成一团，抢着往车上挤，火车在这里只停两分钟。这趟列车是从广州发来的，根本无意在六盘水这样的小城长时间逗留。还好，我后面的人浪把我直接推上了车，座位当然是没有了，不过，我也不想要座位，我想要一个卧铺。去昆明要坐8个小时的火车，第二天早晨7点才能到站。不过，在中国乘火车旅行的人或早或晚都总结出一个规律，那就是，即使火车站不卖给你卧铺票，上车之后常常能搞到一张，那要遵循先到先得的原则了。但问题是，到底去哪里排队？答案是，先找餐车。火车进站之前，我向一个车站员工打听火车进站时餐车的大概位置。餐车还有划分卧铺车厢与硬座车厢的功能，没有卧铺票，你就不能从餐车中通过。但是，在与餐车相邻的那节车厢的尽头，有一个售票席。火车一开，列车员就回到那个售票席，如果车上还有空卧铺位的话，你就可以到那里买票了。这一次，列车员回到售票席开始出售卧铺票的时候，我排在队伍的第一位。列车员那儿不仅有卧铺票，甚至还有两张软卧票。一张软卧票90元，也就是18美元，有点贵了，但在硬卧区，偷东西、抽烟以及深夜狂欢都是家常便饭，而我想精力充沛地到达昆明，而且携带的物品一件不少。我最后买了软卧，顺利地抵达了"春城"。

/ 第十三章 /

昆　明

　　我醒来时已经身在云南。我终于来到了"彩云之南"。列车员走过来，把大家从卧铺上全部赶下来，刚刚早晨6点钟，而天空中还没有一丝白光。我正琢磨着怎么度过这一天的时候，一位列车工作人员告诉我说，1965年她刚开始跑广州—昆明线，那时的昆明只有一片片的稻田和棚屋。我知道这绝不是夸大其词。1930年，埃德加·斯诺访问昆明时，发现昆明是个"脏兮兮，效率低下得令人沮丧，危险的蛮荒之地"。这个因后来写了一本《红星照耀中国》而使中国的共产主义运动引起全世界注目的人，说他"很震惊，同时又惊奇地发现，虽然自世纪之初（20世纪）就有铁路将其与文明世界紧密联系在一起，但是在很多方面，（昆明）这个城市仍然像一千年前一样没有任何改变"。当然，斯诺所说的铁路是指法国人修建的河内至昆明那条铁路，不是我现在所经过的铁路。

　　但是时代变了。当我迈步走出车站登上一辆公交车前往我下榻的宾馆时，毫无疑问我来到的是一个中国西南部最干净、最有效率也最摩登的城市。街道都是很宽阔的林荫大道，两侧的人行道和其他一些城市的马路一样宽。这里没有象征贫困的茅棚，也没有虽然颜色不同但实际上千篇一律、令人乏味的建筑，昆明各处的建筑好像都被精心设计过一样。太阳冉冉升起的时候，我在其中一栋漂亮的建筑里办好了入住手续，这就是令人难忘的茶花宾馆。

昆明市内到处是新建的合资宾馆，但茶花宾馆是性价比最好的，尤其是老楼的房间，一间双人房也仅仅50元，即10美元。在中国的城市中，昆明算不上老城市，它只有700多年的历史。但是，环绕这个城市的两座山，对中国人而言，几千年来都是耳熟能详的地方。

两座山的故事得从3000年前的周朝开始说起。据说，王位的继承人养了两只神奇的动物：一匹会飞的金马和一只能歌善舞的碧鸡。白天，碧鸡逗王妃开心，王子骑着金马飞入云端视察他的王国。王子经常很晚才回到家中，回来的时候还常常带着年轻貌美的女人，这些女人都是他从流氓手中抢救出来的，他让她们在宫中做女仆，这样女仆的队伍越来越壮大了。王子告诉王妃他是仗义行侠，而王妃自然另有想法。一天晚上，等他上床之后，王妃决定结束丈夫的游侠生涯。

金马的飞行能力似乎来自那个神奇的辔头。于是，趁王子睡着的时候，王妃把那个神奇的辔头从马头上摘下来，然后在马屁股上猛拍了一巴掌。金马一跃而起的那一刻，碧鸡看到这时也是它逃走的好机会，于是跳到了马背上，两只动物飞入云中，再也没有回到北方周朝的宫殿中。它们一直飞向南方，最后落在昆明市两侧的山上。因为这个神奇的故事，当地人将东边的山命名为"金马山"，将西边的山称作"碧鸡山"，还在两座山上分别建了"金马寺""碧鸡祠"。这是很久以前的事了，但人们仍然会去山上的寺庙参观。我决定加入他们的队伍。

宾馆的前台接待员告诉我说，乘公交车很快就能到达金马山脚下，但要爬很久的石阶山路才能到达山顶的道观。她说道观的大殿由300吨青铜锻铸而成，1604年建成后，几经拆修，目前大家见到的大殿是100年前重建的。她还说，道观里有一棵600年的老山茶树，现在应该是满树茶花怒放。

尽管铜殿和600岁的盛开的山茶树极富诱惑，我还是决定前往碧鸡落脚的山上看看。现在，人们把那儿称作"西山"，因为山位于城市的西边。西山也被称作"睡美人山"，远眺此山，正像一位侧卧的美人，风姿绰约，青丝飘逸。不管它叫什么名字，我下一个要去的地方就是那里了。天色尚早，但已阳光明媚，我很想去远足。

从昆明市中心乘上公交车，20分钟后，车把我放在了西山半山腰的华亭寺门前。该寺是西山最大的佛寺，由两位身材魁梧、怒目圆睁的塑像把守着。两位的名字分别叫作"哼""哈"，有关他们的故事则要追溯到周代之前的商代，那时碧鸡尚未飞临此地。哼哈两人是商王的将军，都拥有超自然的神奇法力。哼将军可以从鼻孔中喷出火焰摧毁敌人，而哈将军可凭借口中呼出的毒气制敌。虽然法力在身，两位还是被成功地推翻商朝建立周朝的诸侯国所杀。但是周朝敬仰这两位伟大的敌手，封他们为护法神，后来被佛教供奉为寺庙的护法神。华亭寺外矗立的哼哈二将是全中国最好的哼哈二将雕塑。我注意到，孩子们都喜欢在塑像面前跑来跑去。

经过哼哈二将，我进入寺庙的第一座殿堂，欢迎我的是同样身材魁梧的四大天王[①]。虽然这些塑像出现在中国的佛教寺庙大殿

---

① 四大天王是佛教的护法天神，俗称"四大金刚"。它们分别是：东方持国天王，持琵琶；南方增长天王，持宝剑；西方广目天王，持蛇（赤龙）；北方多闻天王，持宝伞。——编者注

中，但是它们的来源却与印度教有关系。因陀罗①创造世界之后，派遣这些护法神保护四方；唐代的时候，一位印度的不空三藏将他们介绍到中国，让人们供奉。不空本人是与印度教关系密切的佛教教派——密宗的支持者，中国的皇帝和王子都对他执弟子礼。被介绍到中国之后不久，四大天王就开始在中国各地的寺庙里司职护法了，他们在西山的庙里已经守护900年了。

从面目凶恶的哼哈二将和保护世界的四大天王身边走过后，我穿过一个空旷的院子，来到华亭寺的主殿。雄伟的大殿顶部架着木梁，四壁从上到下排满了雕刻精美的500罗汉像——这是一群有些疯癫又充满野趣的佛教人物。"罗汉"是一个梵文词，指佛教徒修行的第四个果位，也是最高的果位，即摆脱了情感和生死的束缚。现代汉语中，也称为"阿罗汉"。如果到中国餐馆吃素餐，你总是能够点到一款罗汉菜。不过，点罗汉菜的同时不要点啤酒，不然的话，服务员就搞不懂罗汉是不是要破戒了。

我们还是回到500罗汉那里吧。每一位罗汉都有各自的神通，或者在他们活着的时候显过神迹。中国的艺术家解读了每一位罗汉的故事，很有趣而且很让人长见识。罗汉们没有标出名字，但很容易看出，有两位罗汉的手脚不断地生长，已经把日月从天上摘了下来；一位罗汉把自己的肚子剖开，露出里面的佛塔；还有一位罗汉的眉毛垂到了地面。这些罗汉特别有趣，我一个一个看过来估计花了一个小时的时间。

游览完华亭寺，我回到上山的路，开始往山上走。30分钟后，我来到太华寺。太华寺建于1306年，晚于华亭寺，也没有华亭寺那

---

① 因陀罗，又名帝释天，印度教神明。——编者注

么大。另外，矗立在华亭寺门口、面目狰狞的哼哈二将，在太华寺也不见了踪影。不过，四大天王仍在大门内各就各位，向游人收取门票费，而可资游览的景点包括茶亭、水池，还有满院子的百年银杏、山茶花树、玉兰树，以及一棵古老的丹桂。

我买了门票，在院子里逛了一圈，确实很漂亮。然后我就进了主殿。有个牌子提醒拜佛的人不准点香燃烛。从殿内下弯的木梁可以看出，与华亭寺不同，太华寺从初建到现在就没有重建过。两座寺院的塑像也不一样。华亭寺的主殿墙壁上塑的是500尊罗汉，而太华寺这里只有18尊罗汉。不过，这18尊罗汉是精选出来的，是为拯救世人而同意住世的佛陀弟子的代表。实际上，这样做能够成就他们的菩萨位（菩萨是大乘佛教中仅次于佛的果位），而不仅限于罗汉位（罗汉是小乘佛教的最高果位），但是僧人常常故意模糊

太华寺

两者之间的区别，以免拜佛的人越弄越糊涂。而拜佛的人也并不在乎。他们都忙着往祭台上盛放水果的碗中扔硬币呢。他们相信，如果把硬币扔到碗里而不蹦出来，就能保证下辈子甚至这辈子少受罪。不过，减少的肯定只是他们口袋里的零钱。我也往碗里扔了几枚硬币，希望下次我乘火车需要座位或者铺位的时候有人能帮到我。然后我再次回到上山的路，去一个称作龙门的地方。

途中有一段石阶通向聂耳墓所在的一片树林。聂耳曾是中国的一位年轻音乐家，1935年在日本度假时溺水而亡，年仅23岁。虽然年轻，聂耳却是中国最著名的音乐家之一，他创作的《义勇军进行曲》从1949年起一直作为中国的国歌。

在聂耳墓短暂地凭吊之后，我再次回到上山的路，继续攀登，几分钟后就走到了路的尽头。这时，一段长长的阶梯通往三清阁。道教的三清指的是玉清、太清和上清三位天神。我每每想把他们三位分清楚，但总是迷失在语言和神秘的深渊中。这一次，为免于再次迷失，我没有停留太长时间。当然，里面也没有太多的东西可看，只有几尊崭新的塑像，将神秘的道教三尊塑造成人的样子。

三清阁实际上是一排沿着崖壁而建的五六栋建筑。14世纪初期，这里是为一位蒙古王子建的夏宫。彼时，元朝设置云南行省，王子被派到这里管理这片中国西南新疆域。楼阁后来被道士接管使用，现在则属于游客了。我随着他们的脚步，沿着在昆明西山的崖壁上穿凿而成的石梯拾级而上。石梯的开凿始于两百年前，当时一位道士决定凿通崖壁，他还没有完成大业就辞世而去，但后人继续了他的工作。我挤过人群，来到他们在山顶下面凿成的洞里。这里就是龙门。

在崖壁上凿路的老道试图开通的是一条区别仙人与凡人的路。

龙门

他将这条道称作"龙门"，模仿的是黄河上的一个峡口，黄河在那里掉头向东，一路流过冲积平原，注入大海。每年春天，黄河中的鲤鱼奋力跃过峡口到上游产卵。能游过峡口的毕竟是少数，但中国人说，那些鲤鱼会变化成龙。那些通过朝廷大考的人也被类比为跳过龙门的鲤鱼。因此，为了奖赏那些跳过龙门的学子，崖壁上专门雕了一个供奉文曲星的神龛，只见他手中挥舞着毛笔，骑在龙身上。不过，来此求他保佑的学子最好看得仔细些。除了手中的毛笔外，他还拿着一本书，上面写着"富贵在天"。

很久以前我就已经放弃参加任何考试或者求职，所以我没有拜文曲星，而是直接去欣赏风景。从龙门看过去，滇池水蓝如碧，一望无际，真是昆明地区最美的风景，一路的攀登都值了。我在长凳上坐下来，感受着和煦的阳光照在我脸上。从广西和贵州一路旅行过来，这实在是难得的享受。就这样沐浴着金色的阳光，欣赏着碧蓝的湖水，我在那里足足停留了半个小时。这时我突然想起自己是个游客，昆明或者昆明地区还有很多地方要去游览呢。

我从龙门下来，一路下山来到公交车返回的地方，搭车下山。我还要去参观另一座佛寺。这座寺院叫作"筇竹寺"，位于市区西北部的山上。回到市中心，我没有等太长时间，公交车上挤满了乘客，从云南饭店前面出发，30分钟后我就来到了筇竹寺。

寺院入口处的牌子讲述了该寺的来历。有一天，兄弟二人到这片山林里打野猪时，突然发现了一只犀牛。史前时期，中国各地都可以见到犀牛，但是两兄弟见到这只犀牛时是公元638年，当时犀牛已经是罕见之物。他们两人怀着敬畏的心情尾随着犀牛，直到它消失在一片灌木丛之中。

几秒钟后，一群僧人拄着竹拐杖，从同一片树林中走了出来，

筇竹寺

一离开树林，他们就把拐杖插入地里，消失得无影无踪。对刚才发生的这一切，兄弟两人实在无法理解。他们走到僧人插下拐杖的地方，准备拔出一个看看到底是什么东西。但是他们无法将其拔出地面。他们又去拔其他的拐杖，还是白费力气。

兄弟两人不知道怎么办，最后决定回家再说。第二天，他们又回到了原地，他们要证明昨天发生的一切不是梦中所见。拐杖还在原地插着，但是经过一夜的时间，它们已经长出了叶子，繁衍成一大片竹林了。兄弟二人认为这是一种吉兆，于是决定在原地建一所佛寺，就是1354年后我进入的这间寺院。寺院有个很贴切的名字——筇竹寺。自远古以来，筇竹就被用来制作拐杖。大约2200年前，一位中国最早出使西域的使者就在今天的阿富汗一带见到过有人出售这种竹子制作的拐杖。他的情报员告诉他，这种竹子来自今天的云南和贵州省环绕的地区。除了丝绸，还有很多其他的东西穿过中亚地区的古丝绸之路流通。但是，谁能想到还有来自遥远的中国西南边陲的竹拐杖呢？

进入筇竹寺后，我又一次从四大天王身旁经过。但这一次，我发现我置身于一个艺术画廊之中，庭院四周的殿堂里供奉着昆明地区保存的艺术宝藏之一——另外一组500罗汉。我在昆明西山的华亭寺里已经与他们有过一次邂逅，但是这些罗汉看上去更加夸张生动、妙趣横生，他们都与真人一般大小，保存完好。考虑到他们只有一百年的历史，这也不足为奇。另外一个独特之处是，所有的罗汉都有各自不同的坐骑。我看到有的骑龙，有的骑驴，有的跨鱼、螃蟹、龟、独角兽，居然还有黑颈鹤，除了冲浪板，应有尽有。

穿过庭院进入大雄宝殿中，我发现一件更著名的文物，那是皇帝于1316年御赐的一块石碑。皇帝的圣旨以汉文和蒙古文两种文字刻在石碑上，内容是命令该寺的方丈在蛮夷中传播佛法。当时正值元代，蒙古人不仅统治着中国全境，而且控制了之前尚不属于中国的部分地区，其中就包括"彩云之南"这一盛产米酒的地区。

转到主殿后面，我又爬了几级台阶，来到另外一个殿中。虽然一看就知道它是新建的，但大殿的建筑工艺精湛，还有点与众不同。大殿有八扇门，每扇门都镶嵌一块雕刻着一头犀牛的门板，有的长着一只角，有的两只。这是我第一次见到将犀牛作为艺术主题使用，但是，毕竟是犀牛将兄弟两人带到了这里，才有了1300年前两人建造的筇竹寺。

当然，现如今中国能见到犀牛的地方只有动物园了。我转过雕刻着犀牛的殿门，进入寺庙的后殿。殿内的艺术作品与前面见到的犀牛门板一样出乎意料。佛像的背后，一幅巨型浮雕描绘着统治这个地区的国王在寺庙落成时带领队伍游行的场面。他看上去与尤尔·布林纳一模一样，这位著名的演员曾在电影《国王和我》中饰演古暹罗国国王的角色。看来艺术家们还是比较忠实于那个时代，国王的形象显然不是汉人。实际上，他看上去像一位泰国人。

该看的都看过之后，我登上公交车返回昆明，我的省会一日游还有一站要去参观。我要去省博物馆，对这个地区的古代历史做进一步了解，其中当然包括泰王和犀牛。不过遗憾的是，有关中国这个区域的生物和文化的历史，还没有记载。中国的早期史学家一直都将他们的西南邻居视为蛮夷而置之不理，直到最近才有所改变。但是，就是这些所谓的蛮夷创造了与傲慢的北方邻居一样古老、一样先进的文明。

汉人一向认为自己对西南地区有教化责任，对这个地区的古代国王，尤其是非汉人血统国王的有关故事统统斥之为传说。但在缺

雕刻着犀牛的门板

乏文字记录的情况下，谁又能说它们不对呢？而现在，一些考古遗迹为我们提供了文字记录不能提供的信息。

我没看一楼的云南省少数民族展览，直接来到二楼展出少数民族祖先遗迹的展馆。我将史前的石器和骨器统统略过，直接来到青铜器展区。做一件青铜器可不是轻而易举的事，但在过去的几十年里，考古学家从该省各地的墓中挖掘到上千件远至3200年前制作的青铜工具和容器。

我以前来中国游览时，曾在上海、西安和武汉的博物馆里观赏到精美绝伦的青铜器，但昆明的收藏虽然没有那么古老，却自有其独特之处。中国北方发现的最早的青铜器可以追溯到3800年前，比云南最古老的青铜器早600年的时间。但是，考古学家推测，云南的青铜器技术可能来自于中国以外的地方。该省迄今为止发现的最早的青铜器是从离缅甸边境不远处发掘出土的，那个地方处于连接东南亚和中亚的古贸易路线上。现在，有些历史学家认为，中国北方的青铜器制作技术是沿中亚贸易路线从中东地区传进来的，而云南也受益于这种联系，虽然时间上可能更晚些。你可能还记得，2200年前中国的使者就曾经在阿富汗市场上见到过有人出售来自云南的竹拐杖。

无论如何，云南的冶金家独辟蹊径，他们更喜欢铸造大型的铜鼓，而不是中国北方的鼎。另外，他们没有采用北方同行惯用的程式化图案和神兽造型，而是在铜鼓表面饰以逼真的动物形象和写实的场景。这其中就有一件，上面是一头野猪、一只猛虎和一条蛇缠斗在一起，似乎要同归于尽。另外一件青铜器上，两个囚徒的手臂绑在身后，被吊在铜矛的尖端。细心的艺术家甚至把他们的睾丸也铸造在上面了。同样令人难忘的，是另外一个囚徒在很原始的那种拷问台上受刑的场景，他的脸扭曲成了无言的尖叫声。也许汉人是对的，也许这些人真的是蛮人。但不管怎么说，这些人懂得制造铜器，却没有留下文字记录，至少在存世的铜器上没有留下任何记录。没人知道他们究竟是谁。很可能他们属于汉人所说的百越部落的一支。

他们首次出现在汉人的记录中，是在2100年前。当时的统治者与中原的皇帝结盟，得到了皇帝赐封他为滇国国王的玉玺，而滇就是昆明南面的湖的名称。他的臣民被称作"滇人"。在接下来的几个世纪里，滇国逐渐消失而被其他部落所取代，而其中很多都是来自西藏、四川甚至越南和缅甸的部落。这个地区也一直未纳入中国的控制之下，直到13世纪被领军南下的蒙古人最终征服为止。云南迄今仍是多民族混居的地方。走出博物馆之前，我在一楼稍作停留，看到了正在展出的24个少数民族的服装，有人说，有二十多个少数民族生活在云南。听到有这么多民族聚居此地，我一点也不惊讶。天上没有一丝云彩，太阳下山的时候，夜空中繁星点点。我终于来到了"彩云之南"。

/ 第十四章 /

石　林

云南境内的二十多个少数民族中，彝族是第三大族群，大约有
650万人，仅次于壮族和苗族。而在彝族人中，最出名也最易接近
的一支是撒尼人，他们就居住在云南最有名的景区路南石林附近。
每小时都有长途汽车从昆明开往那里，但是前往此处还有一种更有
趣的交通方式，那就是火车。火车每天运行数次，跑的是窄轨铁
路，是80年前法国人所建的昆明—河内铁路。我从昆明北站坐上了
早晨的火车。售票员建议我买4张票，我以为这是她对我腰围的一
种评价方式，而实际上不是。车座太小了，最后我确实占用了4个
座位。

我们的车缓缓驶出了昆明，行驶在云南的乡野中，我又一次置
身于阳光明媚的天空下。自从离开香港后，我还没有连续两天见到
过太阳，香港已经是遥远的回忆了。而现在，我已经可以期望连续
三天见到太阳了。不一会儿，列车员走过来检票、查验护照。他说
这趟火车一路开到与越南交界的河口市，中国人可以过境继续前往
河内，但是外国人最远只能到开远，那里离河口还有50公里。

我忘了问他火车跑到河口要多长时间，但我想肯定需要一整天
的吧。大多数乘客自带了水果和点心上车。没有自带的人可以从列

石林

车员推的小车里选购香蕉、花生和啤酒，也可以点米饭和炒菜，随后列车员会把你点的东西送过来放在座位中间的小桌上。这更像是一次野餐，而不是一次火车旅行。火车跑了两个小时就到了宜良，这个时间好像太短了。我与到河内的快车挥手告别，走进城内。宜良离石林还有20公里，我想赶上班车应该不成问题。然而，我很快就发现一个小时之内没有前往石林的班车。我赶紧出来走到公路旁，拦下来一辆私营客车。30分钟后，我到达了云南最著名的景观——路南石林。

石林位于昆明东南方125公里处，是最近一直大力宣传的主要旅游目的地。但是，它可不是最近才出的名。2300年前，中国第一个大诗人屈原就曾问过："焉有石林？"千年过后，另外一位著名的文学家答道："石胡不林？"①这到底是两位诗人故弄玄虚呢，还是他们真的听说过路南城外的这片岩石构造？

不管怎样，在过去至少300年间，云南的石林一直是中国游客的必游之地。如今，每天来此参观的有上千人。就面积而言，它比美国的大峡谷要小得多，但是总比一栋房子，或者一个足球场，或者大型购物中心要大许多。景观大部分集中在12平方公里，即200英亩的范围内，这意味着，两三个小时就可以逛个遍。所以，绝大多数游客都是当天来回，他们的游览仅限于整个景区的中心部分②，离入口不远的地方。

而我希望能看到更多，所以在景区入口的宾馆办理了入住手续，还请了一位导游带我游览这个迷宫一样的景点，给我讲故事听。导游是一位撒尼女孩，身穿传统的撒尼服装。把我带进灰黑色的石灰岩山峰丛林之后，她做的第一件事是教我用树叶吹奏音乐。她从树丛中摘下一片叶子，如茶叶般的形状和大小。她说，叶子越薄越好，山茶花的叶子太厚。她把叶子贴到她玫瑰一般鲜艳的唇边，吹了起来。我全神贯注地看着她吹，然后自己也试着吹。但是，我吹出来的只是一阵噼里啪啦的声音，根本不像是音符。也许我得用更薄的叶子，也许我的嘴唇不够软。

小试身手之后，她带我爬了一段石阶来到狮子亭，从亭中四望，一簇簇灰色的石峰如起伏的海浪般，颇为壮观，树木和数百游客点缀其间。据导游讲，石林形成于很久很久以前，当时的世界仍

---

① 战国时期，楚国三闾大夫屈原在《天问》上问道："焉有石林？"唐代大文学家柳宗元做柳州刺史时作《天对》，尝试回答屈原的《天问》："石胡不林？往视西极！"——编者注

② 作者所谓的"中心部分"其实为石林景区中的"李子园箐石林"。——编者注

吹树叶的撒尼女孩

是一片神秘之地，农夫们还在学着耕田种地的手艺。在这片撒尼大地上，一位村民突然想建造一座水坝。这位村民名叫金风洛卡，一天晚上他偷偷地溜进一位巫师家中，将他赶山用的神鞭偷到手。拿到神鞭后，金风洛卡连夜用神鞭把山峰赶到一起，然后像赶羊一样把众山峰赶往他要建造水坝的山谷中。马上就要到达山谷的时候，他听到了第一声公鸡的叫声，随着天光亮起，鞭子的魔力消失了，众山峰停止了前进。这时巫师赶了过来，将金风洛卡的头劈成两半，吃掉他的脑子，将他赶到阴曹地府中与那些落魄的英雄做伴。石林的来历竟然如此，往下看看，叹为观止。更令我惊讶的是，有厚脸皮的书法家在其中一座石壁上留下了两个巨大的红漆汉字。他们喧宾夺主，就像有人站在一幅画的正中央，而不是旁边，最后还盖上了自己的印章。这两个字是中文的"石林"。

　　从亭子下来，我们沿着一条小径继续往前，来到一片灰色的石灰岩丛林面前，上百名游客正在那里轮流换上撒尼人的服装，在一泓池水前面拍照，水池的后面有一座石峰做背景。

　　据导游讲，那座石峰是阿诗玛的灵魂变化而成。她说，阿诗玛是一位撒尼少女，很久以前她和家人住在这里，直到有一天一个好色的巫师把她掳到了他的城堡中。巫师还没有来得及强迫阿诗玛教他用树叶吹奏音乐，阿诗玛的哥哥阿黑就把她救了出去，两人一路逃往石林中。然而，两人尚未安全回到村寨，巫师就施法放出一股汹涌的洪水，在石灰岩的峭壁中间肆虐，永远地吞没了阿诗玛，她的灵魂安息在那座石峰中。此后每年阴历六月二十四日举行火把节，所有的撒尼人都会来到这里祭奠她的英灵。一年一度的火把节从赛马、斗牛和摔跤开始，接着有唱歌、跳舞和饮酒活动，最后在撒尼五弦琴、鼓和少男少女吹树叶的伴奏下，石灰岩丛林中的火把游行达到高潮。

撒尼人的歌舞表演

　　我对扮装拍照不感兴趣，所以没有在阿诗玛的石头化身那里加入游客大军，而是在石峰迷宫中继续游览。我认为这里应该有上千的石峰，如果没有导游的话，我肯定会在里面迷路。最后，我告诉那位使我不至于迷路的撒尼少女，我已经看够了，我们回到了入口处。我累极了，赶回石林宾馆的房间抓紧时间休息，因为晚上还要参加撒尼部落为了款待游客而举行的歌舞表演呢。晚饭时，我点了烤鸭。这是路南的地方特色，他们先拔掉鸭子的毛，然后用芝麻油揉搓鸭皮，最后放进泥炉里用松针烤。鸭子吃起来十分可口，尤其是配上点炸奶酪。刚刚吃完鸭子和奶酪，宾馆马路对面的石林卡拉OK就开始了。歌舞表演8点30分开始，节目包括撒尼小伙子们吹奏高音笛子和弹奏音色柔和的五弦琴，还有撒尼姑娘们吹树叶。有关表演我能记住的就是这些了，烤鸭倒是更令我回味。

/ 第十五章 /

郑　和

次日一早，我采取惯用的交通方式——乘汽车回到昆明。我在昆明停留的时间很短，只是把行李寄存在汽车东站，买了一张前往下一个目的地的车票。昆明位于滇池的北端，我要去的地方在滇池的南端。那里是世界上最伟大的航海家之一——郑和的家乡。他是元代曾经坐镇云南的一位蒙古将军的后代。

郑和生于1371年，那时汉人刚刚结束了蒙古人的统治，建立了明朝。但郑和的家族当时仍效忠于蒙古可汗，当地其他的望族也是如此，汉人用了十年才重新控制了该省。汉人成功地夺取昆明后，把那些负隅顽抗的家族都被杀掉了。当时只有十岁的郑和幸免一死。他遭受了阉刑，曾在军中服役一段时间，然后被送入宫廷做太监。在宫中，他因善于交际而崭露头角。事实上，他是一位相当出色的外交家，又备受皇帝的宠爱，因此皇帝派他去执行当时世界上最伟大的外交任务。

1405年，郑和从中国东海岸驶向印度洋。和哥伦布一样，他的航海行为部分是受贸易利益的驱动，但同时也反映了明王朝拓展疆域、提升国际地位的强烈愿望，这与前一个朝代的蒙古人的做法是一样的。但是汉人皇帝不用征服的方法，他想到的是外交手段。为确保

郑和

郑和航海过程中遇到的人都能了解与他们打交道的到底是什么样的君主，皇帝为他的蒙古人舰队司令配备了当时世界最大的船队。

于是我从昆明东站乘每小时一班的客车前往郑和的故乡。一个半小时后，我在滇池南端的昆阳镇下车，又步行了一公里，登上一座可以俯瞰昆阳镇和周围村子的小山。在山顶上，我参观了郑和纪念馆。

1405年郑和由中国东海岸出海时，他的船队包括62艘当时史上最大的船只和上百艘稍小的船。多数大船是在南京附近的龙江船坞建造的。听上去就够惊人的，这些大船竟然有120米长，50米宽，重达千吨。船上装有9个桅杆，船员的人数由400人到1000人不等。这些船中的每一艘都是87年后哥伦布航海船只的十倍大。哥伦布的"尼雅号""平塔号"和"圣地·玛丽亚号"上只有五六个船员，但是郑和的船队除了船员外还载有28000人的军队。

他的船队驶入南亚海上贸易沿线各个小王国的港口时，肯定是十分惊人的壮观场面。想想船队的后勤保障就让人发晕。虽然船队巨大，郑和还是成功地从印度大陆的南端一路驶入红海和非洲的东海岸。在28年中，他在海上往返了7次。其中的一次，30个王国的使团随他来到中国，下次他出海时又把他们送回了自己的国家。每次往返要航行30000公里，而他们凭借的只有罗盘和观象仪。唯一的详细地图就在天空上。但是，幽深的大海对郑和十分友善。毫无疑问，海神也对他的外交手段钦佩有加。

谁又能想到，世界上最伟大的航海家之一竟然出生在一个内陆湖的岸边，一个中国境内离海很远的地方呢？因此，我认为郑和纪念馆里肯定会大肆颂扬他们家乡的英雄。但是纪念馆里展出的，只有郑氏家族近几代后裔的几张照片，还有一只货船的残骸，可以看出当时这条货船上的货物还是很丰厚的。除了看管员，这里见不到其他人。

　　下山的途中，我在郑和父亲的墓前稍作停留。郑和本人的墓在南京，离曾经建造了世界上最大船队的龙江船坞不远。按照郑和的说法，航行的窍门在于，要抓住深秋季节刮东北风的机会，乘着风力一路驶到印度；然后，要乘着春天的西南风才能一路回到中国。实际上并不像他说的那样容易。他经常是西南风开始刮起来之后才到达印度，而且要在那里待上一年的时间等待次年春天出现回家的机会。1433年，他在波斯湾等来了西南风，乘风破浪一路驶回了南京。他现在仍待在那里，埋在芳草萋萋的地下墓穴中，或许是等待着东北风再一次把他带回到麦加。

　　和他的父亲一样，郑和也是一位穆斯林，他的家乡玉溪至今仍是一个穆斯林城市。如果我不回昆明，而是继续向南经玉溪到通海县边的凤凰山，就会见到6000多蒙古族人，他们仍在时刻等候可汗的命令。

/ 第十六章 /

西双版纳

回到昆明，我从汽车站取回行李，乘车赶往飞机场。三天前，我在茶花宾馆买了一张飞往远在昆明以南400公里外的西双版纳的机票。西双版纳，这个名字很顺嘴，让我想起了一种朗姆酒和果汁的混合饮料，装在椰子壳里，端上来的时候放一把小纸伞，插着两根长长的吸管。登机前我本来是能喝上一杯"西双版纳"的。那一天，我第一次在云南感觉到热。机场里唯一的酒精饮料是一种果汁鸡尾酒，他们甚至连冰块也没有。西双版纳！我又说了一遍，但是这对我的鸡尾酒丝毫没有降温作用。我把尚有半瓶的鸡尾酒放到柜台上，登上了飞机。45分钟后，我就到了西双版纳。机场是新建的，建筑风格仿照傣族房屋的样式。傣族是西双版纳最大的民族，我很快就能见到他们了。但是第一个问候我的却是摩尔·哈格德，这个老家伙正在机场的大喇叭里歌唱着《密西西比的悲伤》。不过，我现在不是在密西西比，而是在西双版纳。在这里我看到的都是打着油纸伞走在街上的女孩子。

我从机场打了一辆出租车，没有像往常一样到酒店入住，而是来到城市东南边租了一个房间。我的房间位于一栋看上去老旧的傣族风格的房子里。房子二楼一半是旅馆，另外一半是餐厅。餐厅有一部分是伸到外面的阳台，我在那里坐下来，要了黑米饭、炒青苔，还有一瓶冰啤酒。我已经不在堪萨斯了，但不管到哪里，啤酒总是要有的。

西双版纳不是一种热带饮品的名称，而是与缅甸、老挝接壤，面积约20000平方公里的一块属于中国的亚热带地区的名称。在当地傣族语言中，西双版纳的意思是"十二个区"。这是在16世纪蒙古人将这里纳入管辖范围300年之后，给这个地区取的名字。西双版纳的首府在景洪，就是我现在所在的地方；而我此刻正坐在旅馆，或者叫餐厅的阳台上，我很高兴的是待在这里，而不是在路上。我坐了45分钟飞机，飞了400公里，票价只有200元人民币。我也可以乘长途客车到达这里，但长途客车要在700公里的盘山路上跑两天的时间。虽然价格不到机票的一半，但比起乘车耗费的时间、耽误的睡眠及必须忍受的刺耳的喇叭声（如果你坐在喇叭旁边的话），节省的钱有些不值。为确保回程避免坐长途客车受罪，我到景洪后做的第一件事就是预订回昆明的机票。

就这样我来到了景洪，西双版纳的首府，但是我没有在景洪待太久。次日一早醒来后，我就登上了每小时一班、往北开向昆明的客车。不过，感谢上帝，我不是要去那么远的地方，我是要去西双版纳的野象谷自然保护区。离开景洪不到两个小时，就到了我该下车的地方。至少我认为这是我应该下车的地方。路边有个标示牌，写着"三岔河蝴蝶培育基地"，但是没有提到大象。我有点糊涂了，但是司机坚持说就是这个地方。紧挨着标示牌有一家小饭店，我走进去问路。运气不错，桌子旁边正好坐着保护区的一位导游。我告诉他来这里的目的之后，他就带我下坡来到了一排房子旁，蝴蝶培育基地和野象谷自然保护区的办公室都在这排房子里面。在其中的一栋房子里，他带我观看了从附近森林中收集来的168种蝴蝶，其中一种看上去像黏到一起的两片树叶。这里还有一个巨大的蝴蝶培育房，但是当时是三月份，毛毛虫都还在睡梦中呢。

看完蝴蝶，他带我进入森林中。不过，我们先要小心翼翼地蹲着从电网下面通过，晚上他们会给电网通上电，防止大象从另外一侧闯过来。野象谷自然保护区总面积约370万平方米，有140头野象生活在里面，人们经常看到其中的18头在保护区办公室几公里以外的几条小路一带活动。哎哟！我差点儿踩到了什么东西。原来是一堆重达5磅（约4.5斤）的象粪——还是新鲜的呢。我的向导打量了一下象粪，里面主要是草。然后，他向路边看了一眼，指着一片原来长得很高的草丛。草丛看上去像是有人拖着一段原木轧了过去一样。他说，头一天或者是昨天晚上，肯定有一头大象从这里走过去

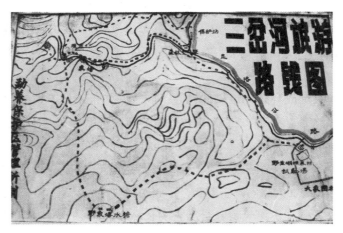

三岔河旅游路线图

了。大象一般晚上出来活动，白天它们喜欢在林中睡觉。这些都是亚洲象，平均体重达3～4吨。它们是危险的动物。向导告诉我，保护区主任有三次险些被大象要了命。游客会被提醒在游览时尽量压低声音。

这时，向导让我不要动，而他本人则消失了。他听到树丛中有声音，要前去查看一下。他再次出现的时候，说那只是一头野猪。他告诉我，保护区内还有野牛、猴子、懒猴、鹿等动物。根据最新统计，保护区内还有62种鸟类，其中包括白尾雉。在丛林中和摇摇晃晃的竹桥上穿行了大约两个小时后，我们来到一片开阔地，一条很大的溪流在此形成了一连串的水塘。溪流的两岸建有两个小屋，但是屋子都不是建在地面上。其中一个小屋建在一棵榕树上，位于一个水塘的正上方，另外一个较大的小屋建在更高的地方——10米高的柱子之上。这两个小屋就是自然保护区的宾馆，里面床铺、睡袋和蚊帐一应俱全。向导说，大象晚上会来这里饮水洗澡，在此过夜的人们晚上一般是睡不着觉的。他还说，有月光的晚上，这里的景色很美，如果是漆黑的夜晚，你甚至可以从上面蹑手蹑脚地下来，在溪边近距离观看野象，假如你的心脏能够承受一点肾上腺素的话。

我决定放弃在此过夜的机会，向导说如果走他所谓的"危险小径"的话，我可以在100平方公里的保护区里看到更多野象。但是，他说"政府规定必须有5位武装向导的陪同才能这样做"。因为在小径上遭遇公野象的可能性相当大，而且那不会是令人愉快的经历。"好在大象不善于攀爬，"他说，"窍门就是尽快爬到附近的小山上去，不然大象就会用它的长鼻子抓到你，或者用脚把你的头踩烂。"显然这地方以前有很多野象，现在居然还有，这让我很惊讶。我感谢向导教给我免被大象踩爆头的方法，然后搭乘过路的客车返回景洪。我的计划是再去参观另一处比较安全的植物保护区。

树屋

/ 第十七章 /

勐 仑

在阳台上又用了一顿黑糯米饭、炒青苔和冰啤晚餐后，第二天我与这些美味告别，登上去勐仑镇的一辆客车。勐仑位于景洪东南80公里处，是中国唯一一处热带植物研究所的所在地，这里没有大象，与你同眠的是各种兰花。光是想一想就很令人向往了。每当我想象热带的景象时，我都会想到长满各种植物的丛林，期待着自己消失在昏暗的景色中，太阳被参天巨树和爬满各处的藤蔓遮蔽，投下斑驳陆离的光影。但是，我乘坐的客车行驶在由景洪向南沿着澜沧江前进的路上，从河水中及河岸上的泥沙含量来看，我对热带的想象显然需要做一些调整。我的想象中还应该将大规模的森林砍伐包括进去。在昆明机场飞机即将落地的时候，我还惊讶于从空中俯瞰地面时到处呈现的绿色，我想象自己正在进入一片无垠的热带森林之中。但是在地面上，这种幻象不久就让位于现实中无垠的橡胶树丛林了。

在过去的30年里，西双版纳已经成为中国第二大橡胶生产中心，仅次于海南岛。这一切始于景洪热带植物研究所开始引入一些新的、更好的橡胶树品种之后。新的树种长得更快，橡胶产量比早期品种的产量更高。橡胶已经超过茶叶、甘蔗和水稻，成为这个地区种植面积最大的经济作物。与此同时，这一地区的热带森林已经变得和野象一样稀少了。

我乘坐的客车沿着浑浊的澜沧江一路前行，到勐罕镇后最终与那条让人伤心的河流分手，转而向东驶去。一个小时后，我发现自己已经走在只有一条街的勐仑镇了。仅仅过了一分钟，或许两分钟吧，我已经走在镇子尽头的浮桥上面了，过了罗梭江就是热带植物研究所。我不是第一个从那座桥上走过的外国人。不经意间瞥了一眼介绍研究所的小册子，我发现我是追随着爱丁堡鸭子①殿下的足迹来到这里的。我很早就知道菲利普亲王喜欢动物，他本人还是世界野生动植物基金会主席。谁能想到他竟然与野鸭和针尾鸭有关系呢？我一边得意于这个蹩脚的玩笑，一边在浮桥的中间停下来，看两个男孩子用气枪朝着江中的鱼射击。他们似乎运气不佳，我很奇怪他们为什么不用炸药呢？要吸引鱼儿的注意力，还有什么比两管TNT炸药更管用呢？

从罗梭江的桥上走过去，对面就是葫芦岛。1959年，中国植物学家蔡希陶带着五六位助手来到这里，创建了热带植物研究所。迄今为止，研究所的工作人员已经达到400多人，其中150人拥有植物学、有机化学和药学方面的学位。

在研究所办公室附近，我在蔡教授的纪念雕像前停了下来。雕像旁边就是中国人所说的龙血树。早在唐代，中国的医生就已经在用龙血树树脂碾成的粉末止血，同时刺激血液循环和组织生长。但是此后几百年里，没人知道这种树了，直到蔡教授在附近的山里重新发现了它。我还看到一棵种在雕像旁的梧桐树，那是为了以后可以为雕像提

---

① 爱丁堡公爵的谐音，即下文提到的菲利普亲王。——译者注

供阴凉而专门种下的。种树的人就是鸭子（即公爵）本人。

热带植物研究所依罗梭江而建，占地9平方千米，多数地方对公众开放，其中包括一个巨大的兰花温室。1959年研究所建成后，这里种植了来自全世界的3000多种热带植物，以供研究使用，其中的几种还引起了全世界癌症研究人员的兴趣。

办公室边上建有招待所及导游服务处，为那些除了在竹林和榕树林中逛逛之外还想多看一些的游客提供服务。闲逛的过程中，我停下来从一位傣族妇女那里买了几粒红色的、心形的种子。中国人称之为"相思豆"，千百年来中国人都把它与爱情联系在一起。所有的中国人应该都知道那首唐诗，诗中写到相思豆让人忆起与恋人分离的情景。我得给大家提个醒，它们绝对拥有神奇的魔力。有一次，我把一串相思豆项链送给了一位喜欢它的姑娘，结果给自己惹了麻烦。几天后，她站在我家门口，手中拿着一枝红玫瑰，眼里充满了浪漫。我费了好大劲才说服她，项链只是一个小礼物而已，没有其他意思。这一次，我把红豆放到口袋里，心想只有紧急情况下才能拿出来。

我就这样在森林里闲荡着，直到遇到了一位汉族年轻人。他以教英语为生，有时会做导游，带一些外国团队到这个地区的原始村落里游览。听上去是个好主意，我雇他带我也去游览一番。他马上跑到研究所办公室，告诉他们他要出去几天。我们上了一条小路，从葫芦岛往北前进了几公里，来到城子村，这里是镶金牙的民族——傣族之乡。

西双版纳生活着六七个民族，包括哈尼族、傣族、布朗族、拉祜族、基诺族、佤族和瑶族，但是最大的两个族群是哈尼族和傣族，他们分别有百万以上的人口住在中国境内，另有几百万散居在缅甸、老挝和泰国的北部地区。城子村有上千居民，是这个地区最大的傣族村寨之一。和所有的傣族村寨一样，房子都是木头建成的高脚楼，二层是居住区，底层是猪圈、厕所和放置农具的地方。傣族种植水稻，因此傣族村寨一般都建在平原或者水源充足的河谷地带。科学家认为，很有可能是傣族的祖先把水稻引入北方的部落，包括那些生活在长江流域的部落。如果真是这样，那么傣族的史前史可以向前推到与汉族一样的七千多年前。

但是，直到2100年前，傣族才引起汉族的关注，司马迁曾将这个地区称为"滇越乘象国"。没有人知道傣族在那之前已经在这里生活了多久，但是，他们一直生活在这里，从未离开过。以后的几个世纪里，除了被称为"乘象人"外，他们还有很多其他的名称，

傣族村寨

包括"白衣""金齿"。他们现在仍然身穿白衣，仍然喜欢镶金牙，但是已经不再乘象了。他们步行，像我一样，一脚前一脚后地走路，路是土路，和我们现在去城子村走的路一样。

城子村离热带植物研究所大约五公里，导游之所以带我来这里，是因为他曾经在附近的勐仑镇一所学校教过英语，他的几位学生就住在城子村。他在一座房子的门口停住，吆喝了一声，这时一个小男孩出现在阳台上，邀请我们上去。门只是用藤条捆扎在一起的几根树棍。导游推门而入，我随他沿着木楼梯穿过走廊，进入清凉宜人的房内。这家人正要坐下来吃午饭，我们就坐下来一起吃饭。午餐相当简单：米饭、蔬菜和一盘肥猪肉。午饭后，我们都在露天客厅内三面搭起的长凳上四肢舒展地躺下来。虽然是三月中旬，可是我所在的地方是热带，这里的午后什么都不能做，只能睡觉。

看到太阳投下的阴影够长了，我们起来去寨子里的佛寺参观。傣族人与藏族人一样，是中国最笃信佛教的少数民族之一。但与信仰大乘佛教的藏族人不同，傣族人信仰一种更古老、更保守的教派，即小乘佛教。小乘佛教流行于大多数东南亚国家，而大乘佛教在内蒙古自治区和西藏自治区更为流行。在中国和日本，大乘佛教更受欢迎。

与中国其他地方的佛寺相比，傣族地区的佛寺简单多了。这间佛寺位于寨子边缘芳草萋萋的小山包上，只有一座建于16世纪、供奉着历代高僧灵骨的佛塔和一座木制的佛殿。除此之外，没有其他的建筑物。整个小山包被木栅栏所环绕。门口的牌子上写着"脱鞋进入"，我在殿中的小佛龛前鞠躬致礼时，擦得锃亮的水泥地板踩上去凉凉的。十几张手织挂毯从房顶上悬垂下来，描绘的是佛陀本生的故事。挂毯在微风中轻轻摆动，五六支蜡烛在佛龛上燃烧着。

当时刚过中午，寺里的老僧们还在佛殿后部角落里铺着垫子的长椅上睡觉。因为没有任何可以交谈的人，我们重新穿上鞋子，从后门出来。刚出后门，就遇到十几个年轻的僧人，他们正忙着往竹筒里面填火药。我有些迷惑，问他们用火药做什么。他们不会讲汉语，只能讲傣语，所以只能让导游来翻译。最后我搞明白了，原来几天之后就是当地一年之中最大的佛教节日，他们正在为佛陀制作烟火。

年长的僧人睡觉的时候，浑身充满活力的孩子可不愿只做和尚梦。他们中间年龄最大的也不过12岁。和老僧一样，他们的头也是剃过的，身着黄色的僧袍，露出一侧的肩膀，而且全都光着脚。但他们还只是一群孩子，那天的活动就是为盛大的节日制作烟火，之后就要重新诵读经书去了。大多数傣族家庭会把家中的男孩子送到寺里做几年僧人，他们在寺里学习读写沿用了2000年的傣文及制作烟火。

因为几天之后才放烟火，我们道别后从山丘上下来，看到森林边一群傣族妇女正围着一捆木柱子。走近了细看，才发现那些柱子都是锯断了的橡胶树干，其中一位妇女正在向其他人演示如何使用长柄半圆凿以30度的角度砍树，这样既不伤树又能取出尽可能多的树汁。我停下脚步观看，但是这不如造烟火有意思。我们又继续前行，导游带着我往山的深处走去。

小路从城子村通往罗梭江岸边，步行几公里后穿过另外一个傣族寨子。这个寨子叫作曼安（音），导游在寨子里停留了好长时间，与另外一个他以前的学生商量安排我们在此过夜的事。安排好之后，我们沿着一条雨水冲刷及人们踩踏出来的土路上山。一个小时过去了，我们来到哈尼族寨子——达卡村。

傣族和哈尼族是西双版纳地区主要的少数民族，都有上百万人口。傣族占据了平原及河谷底部，爱伲人①则住在山坡上。在爱伲语中，"爱"是"动物"的意思，而"伲"的意思是"人"。爱伲人的传说称，动物人的祖先曾经居住在遥远的东方平原地带，没有人知道什么时候他们因为何种原因迁徙到澜沧江和红河中间的山区里。他们已经在那里生活了至少2200年的时间，而2200年前，他们就已经引起汉族历史学家的注意了。

　　在以后的几个世纪里，他们的生活并没有发生太大的变化，进入达卡村就如同回到一千年前。与傣族有所不同，爱伲人通常居住在供电线路无法到达的偏远地方，我们到那里后不出几分钟，就必须借助手电筒才能磕磕绊绊地行走。问了几次路之后，我们磕磕绊绊地登上楼梯，来到一户人家，村子一半的人都聚集在这里，参加正在举行的婚宴和通宵畅饮，我们来得正是时候。婚庆活动通常持续三夜，我们到的时候正是第二个晚上。新郎一家大摆筵席，邀请了所有的亲朋好友及新娘家的亲朋前来庆祝。

　　家中聚集了至少上百人。有的在炒菜，有的在上菜，有的人围着矮矮的竹桌坐在同样矮矮的木凳上。他们不用杯盘，而是用香蕉叶盛饭菜，用竹杯饮酒。大多数菜肴是用猪肉做的。我们到达之前，这家人刚刚杀了一头猪，不到一个小时，它已被做成五六种菜品上了桌。其中一道菜是猪肝，好吃得令人难以置信，好像是精致的牛排。我从来没有吃过这么好吃的猪肝。不知道是因为很新鲜的缘故，还是山里的猪吃的东西更好。另外一道美味又奇特的菜是自家做的豆腐布丁。奇特之处在于我们吃这道菜用的是长柄勺。勺子

---

① 爱伲人，哈尼族的一个分支。——编者注

自制的烟火

的头部是用直径大约5厘米的竹筒制成的，而勺子把儿则是竹筒上的侧枝。

我们大吃特吃，最后连吃的是什么都忘记了，因为我们还喝干了足足有一浴缸的米酒。我能想起来的，就是不断地与新郎新娘干杯，在一轮硕大的月亮之下和大家挥手道别；之后我们便摇摇晃晃地下山，沿着飞满萤火虫的小路回到了傣族寨子曼安。曼安有电，我们之前安排好要过夜的那个傣族家庭，全家人都围坐在新买的电视机旁，正在看一部台湾肥皂剧。等到作为一家之主的父亲从河边用炸药炸鱼（这或许是我想象出来的）归来的时候，我们已经在地板上睡着了。

听我的导游讲，在傣族的寨子里，访客很容易找到一个地方过夜，但在爱伲寨子里却不行。倒不是因为爱伲人没有傣族人热情好客，而是因为爱伲人住在山里，傣族人是平原居民，后者更习惯与陌生人打交道。另外，傣族人能提供更多舒适的物质享受。我对我的傣族主人们表达了谢意，他们让我用了他们的棉被和棉褥子，这些比我本人干净多了。

第二天一早，主人们端上来热乎乎的米粥和昨天晚上的剩菜。我还能感觉到婚宴酒的后劲，但是早餐帮我缓解了不少。重新上路也帮了我不少，因为走在路上我就不再老想着头疼的事了。从曼安出发，我们用了近两个小时才返回到通往葫芦岛上的热带植物研究所的土路上。研究所的小册子上说，这个半岛类似一只葫芦的形状。但在昨天晚上的婚宴上，一位爱伲妇女告诉了我葫芦岛得名的真正原因。据她说，爱伲人认为，世界上所有的动物和植物都是由一粒神奇的葫芦种子变成的。

研究所总共收集了3000种葫芦种子的后代。不过，我们并没有停下来观赏。我们穿过研究所，重新走过那个浮桥，回到勐仑，然后登上客车往西，朝着首府景洪的方向而去。行驶20公里后，我们在爱伲山寨莫通老寨（音）下车，在路对面走上了一条通往莫通新寨的小路。沿山路爬了一个小时，我们遇到了一位爱伲猎人。他扛着一杆老式火枪，学雌山鸡叫了一声。几分钟后，我们刚翻过山头，我听到一声雄山鸡的高亢的应答声。如果运气好的话，我寻思，当晚应该能吃上山鸡。但我没有听到枪响，于是我退而求其次，晚上还是吃猪肉吧。

又过了大约一个小时，就在我们抵达莫通新寨之前，我们在山路上遇见了一位老人，他扛着一棵香蕉树。他说香蕉树是用来喂猪的，并邀请我们去他家吃晚饭。老人说，自从公路铺到了莫通老寨，村子里的人越来越多，于是13年前他带着子女和侄甥们搬到山上，成立了一个新寨。寨子里有十几座木房子，他把我们领上了他家的二楼。

寨子就建在山头上，太阳下山后，我坐在围廊上，看见山下莫通老寨灯火闪烁，像是海底的星星。爱伲人用竹子做管道，从一个小水库里把水引到山寨，其中一根竹管伸出来，做了个简易淋浴处，寨里的男孩子们吃饭前来这里冲澡。

太阳下山后，主人喊我进屋去喝米酒，还有一盘炸紫荆花。我很快就学会了我唯一需要听懂的爱伲话"吉-巴-头"，意思是"干杯"。此时正值三月中旬，西双版纳地区满山的紫荆树繁花似锦。紫荆花是香港的市花，连香港的钱币上都印着它。但在爱伲地区它是一种蔬菜，还很好吃。爱伲人把花的中间部分去掉，在开水里焯几秒钟，然后拌上一点辣椒和醋放在油里炸。用它做主人新开坛的米酒的下酒菜再好不过了。

扛着香蕉树的老人

和大多数米酒一样，这酒也是糯米酿造的。但主人说他酿好酒后在里面泡了27种野生植物，放了足有一个月。酒挺有劲，虽然才存放了一个月，但入口绵柔，不亚于上好的威士忌。我们吆喝着"吉-巴-头"，喝了整整一个晚上。等我们都喝得上了头，主人的妻子端上了主菜，包括炸花生米和卷心菜炖猪肉，米饭是自家种的大米，所有的饭菜都盛在香蕉叶里。

　　吃饭的时候，主人给我讲解了爱伲人取名字的规律。他的孩子名字都由两个音节组成，第一个音节都是父亲名字的最后一个音节。爱伲人没有姓，名字只是辈字和个人名字的组合。但是这样起名有个很大的好处，就是方便追踪血缘关系。主人说他的族谱可以向前追溯54辈，到一个叫召缪（音）的先祖，他1600年前迁来此地居住。再往前，是阿卡-拉玉，他的第一个孩子是佤族的祖先，第二个孩子是爱伲人的祖先，第三个孩子是傣族的祖先，第四个孩子是汉族的祖先，第五个孩子（出生在半夜）是神灵的祖先。

　　第二天早上醒来时，我感觉似乎身处阴阳两界之间。好在我记得自己随身带了速溶咖啡。我现在迫切需要咖啡使自己清醒。从主人家中六七只暖壶中的一只倒了热水，泡上咖啡后，我坐在外面的阳台上，看着旭日从山谷弥漫的雾气中喷薄而出。就在我等着咖啡晾凉的时候，一群阿卡①穿过寨中走来，他们是一支狩猎队。主人说，这一地区仍有老虎和熊，还有几头野象。

　　他说野外仍然有几只人人避之唯恐不及的大家伙。他笑着告诉我们，有一天他10岁大的儿子碰到一头野象，找不到山坡可以爬，就爬上了一棵大榕树。哈！野象发现撞不倒那棵榕树，简直气

---

① 阿卡，爱伲人的自称。——编者注

疯了，守在树底下等了三天，等着小孩受不了了自己下来。那孩子也不是傻子，待在树上不挪窝。白天过去，黑夜又来，孩子大喊救命，但他离自家的寨子太远了，附近也没有其他村寨。终于到了第四天，寨子里的搜救队发现了他，放火点着周围的野草把野象赶走——他们的火枪根本对付不了那个大家伙粗糙的厚皮。主人哈哈笑着说他儿子差点饿死，而小家伙也在旁边咧着嘴笑。

这时，阿卡狩猎队正从门前走过，回自己的寨子——显然，他们是空手而归。看着他们消失在山那边，我喝光了咖啡，问我的向导能不能跟着他们走。向导说要沿着来时的大路口分岔的一条山路走两个小时才到他们的寨子，于是我们就朝那个方向出发了。

关于爱伲人还有个传说。很久以前，爱伲人还住在森林里，与其他动物没什么分别。有一天，部落首领感叹，如果他们能学会种稻谷，就不必像老虎猴子似的生活了。可是稻种是神的财产，于是首领许诺，谁能想办法从神那里偷来稻种，谁就可以娶他的女儿。首领的女儿聪明可爱，寨子里的男人全都争先恐后地去偷稻种。但是神时刻警惕着人类的各种花招，寨子里的男人没有一个成功。可是，寨犬也听到了首领的许诺。一天晚上，它悄悄溜进神的屋子，偷出稻种带回了山寨。首领遵守诺言，把最聪明可爱的一个女儿许配给了寨犬，爱伲人就是这个联姻的后代。

在爱伲语言中，"阿卡"的意思就是"犬"，这个奉犬为祖先的民族至今仍不吃狗肉，以纪念他们的英雄犬祖。我不知道这对狗有什么好处。每年，每个爱伲寨子都要杀掉至少一只狗，把尸体吊在寨门处祭祀神灵，以赎窃取稻种之罪。说话间，我跟着向导走上了一条山路，这条路从我们过夜的爱伲寨子通往空手而归的猎人们的阿卡山寨。

路边大部分的山坡上都不见树的踪影。爱伲人仍然使用古老的刀耕火种方式开垦山坡，他们把寨子四周能走到的地方都开垦成农田。向导说，爱伲人在同一块土地上耕种三年之后，就让它歇三年。他们的主要农作物是稻谷，但却是旱稻，不用灌溉，靠天下雨。路上我们穿过了一片树林，里面因为有个圣泉而免遭被开垦为稻田。虽然爱伲人的耕作方式是刀耕火种，但他们至少懂得保护水源，而这条法则对现代人来说，遵守起来依旧那么难。我的朋友加里·斯奈德曾经告诉我，作为地球的朋友，你要经常问自己两个最重要的问题：你的水来自哪里？你的垃圾去往何方？那么，爱伲人知道他们的水来自哪里，他们的垃圾去往何方。垃圾都是有机的，都喂猪了。塑料对这些人来说是新鲜玩意儿，他们甚至连一把几乎掉光了齿的梳子都舍不得扔，别在门框上，以备不时之需。他们把玻璃瓶放在房顶上，祈求全家福寿绵长。两个小时之后，我们到达了猎人们居住的阿卡山寨。我们停下来喝了口水，聊着山里的琐事——至少我的向导在跟他们家长里短地聊天。我坐在一条长凳上，还在想着水的事情。我记得中国有句俗话：饮水思源。我还记起来我有三天没洗澡了。

/ 第十八章 /

基诺族

一个小时之后，我们回到了柏油路上。我感谢向导陪我度过了这难忘的几天，然后等着有返回景洪的车路过，最后搭上了一辆旅游车。旅游车是回景洪的，但是要绕远路。半路上，车停下来让乘客在离马路几百米远的一个基诺族寨子里逛逛。这是一次奇特的经历，我再也不想重复这样的经历。基诺族是中国最小也是最穷的少数民族。事实上，他们直到1979年才被官方认定为少数民族。据1990年第4次人口普查统计，中国有18000名基诺人，全部住在勐仑北部大山里的四十几个村寨中。

没人知道基诺人在西双版纳住了多久，他们自己会告诉你自从大洪水以来他们就住在这里。对，就是大洪水。地球上没有哪个民族不知道那次大事件，基诺人也不例外。

下面就是他们本民族关于此故事的版本，是我早先在景洪买的一本书上看到的。很久很久以前，在神创造世界、生命出现后不久，海洋里的水开始上涨，好多人都淹死了，玛黑和玛妞的父母决定想办法拯救自己的一双儿女。他们想到了一个主意，造一面大鼓，于是父亲就去森林里砍树。但他的斧子刚刚砍进树皮，树就疼得叫起来。那个时候，人类还可以与其他的生命形式进行交流；也是在那个时候，人类还尊重其他的生命形式。于是父亲就去砍另一棵树，同样的事情又发生了，如此这般99次之后，父亲无奈地放弃，回到家中。

现在只有看妻子的了。她走到院子里，冲着一棵大枇杷树鞠了一躬。这棵树多年来为他们提供果实，现在妻子想要它的木头。这种情况真是进退两难。枇杷树很愿意帮助这家人，但帮忙就意味着付出自己的生命。怎么办？唉！老枇杷树真是一棵好心的树，它点头答应了。夫妻俩把树砍倒，做了一面大鼓，把两个孩子、一只公鸡和一些吃食放到里面，与孩子们吻别。这时，一股大水冲来，夫妻俩被卷入水底，而玛黑和玛妞则被冲入汪洋大海。九天九夜里孩子们只见茫茫大海，直到小公鸡突然啼叫一声，玛黑和玛妞醒来发现，大鼓已经搁浅在一座山上。于是，他们就从大鼓中走了出来。洪水退去后，他们开始探察周围的山谷，但除了一棵老树，什么都没有：没有植物，没有动物，也没有人。但他们手里还有一粒吃剩下的葫芦种子。他们把这颗种子种下去，不久山上就爬满了葫芦秧，结满了葫芦。他们以葫芦为生，日复一日，年复一年，英俊的玛黑和可爱的玛妞一天天变老。

终于，玛黑对玛妞说："玛妞，只剩下我们俩了，如果我们不结婚生孩子，人类就灭绝了。"但是玛妞说："我们怎么能那么做呢？兄妹是不能结婚生孩子的。"玛黑挠了挠头，提了个建议："要不你去问问山里的老树，我们能不能生孩子。"唉！玛妞也想不出什么好办法，就去问老树。趁她拨开满地的葫芦秧往外走时，玛黑抄近道先跑到老树背后藏了起来。因此，当玛妞来到树前，问老树怎么办时，玛黑假装老树的嗓音说："还能怎么办？回去生呗。"玛妞返身回家，把老树的话告诉玛黑，玛黑装作十分吃惊又挺高兴的样子，领着玛妞走进茅屋造人。他们的繁衍计划实行了多日，可是他们年纪太大了，一乘以零终究还是零。

于是玛黑和玛妞只能听天由命，做世界上的最后两个人。他们一天天老去，放弃了繁衍的使命，积攒起最后一点力气摘葫芦果腹。有一天，他们带回来一个特大的葫芦，玛黑准备用刀子把葫芦切开。突然，葫芦里有个声音大叫："不要啊！别在那里切，我会死的！"

玛黑生活的那个时代到处都是神灵，葫芦里也有。他把葫芦转过来，试了试另一个地方，又有另外一个声音大叫："不要啊！别在那里切，我会死的！"如此三番五次之后，一个老妇人的声音叫道："在这里切吧，我叫阿披考考。我老了，死了不要紧，只要我的孩子们活着就行。"于是玛黑在这个声音发出的地方切开了一个孔。葫芦里爬出来四个人：第一个是布朗族的祖先，第二个是汉族的祖先，第三个是傣族的祖先，最后一个出来的就是基诺族的祖先。这就是他们关于那次大事件的传说。至今，基诺人仍然纪念葫芦里的老妇人，他们都是她的后代。每逢节日宴会，他们都会摆放一碗米饭，请阿披考考共餐。这就是大洪水的故事，无论哪个基诺人都会告诉你故事就是这样的，前提是他们愿意为你敞开大门。

/ 第十九章 /

勐 龙

　　回到景洪，我奢侈地洗了个热水澡，在宾馆的阳台上计划下一个行动。我已经去过了景洪北边和东边的地区，下面该去探索景洪以南的地方了。我拿定了主意，第二天早上便登上了南行的汽车。与东部山区不同，南部地区有大片种植着稻谷和甘蔗的平原，穿插在铲除了原始植被、种着橡胶林的丘陵之间。一路上，我们经过了十几个傣族村寨和几个只有一条马路的镇子。两个小时后，汽车抵达了终点站：勐龙镇，也叫大勐龙。

　　勐龙距中缅边境只有8公里，当地的傣族和爱伲人可以不用办手续自由出入边境，而汉人和外国人就只能到此止步了。所以，我只能去县城北部的一座小山上参观勐龙的黑塔。傣族信佛，他们的塔都很简单——至少我参观过的都是如此。"文革"期间所有的佛塔都被破坏了，重建的那些都是用混凝土砌成，镶嵌着镜片，粉刷得红红绿绿的，花里胡哨、华而不实。

　　勐龙的黑塔就是一个典型的例子。实际上，它已经褪色不少。尽管它高达27米，是这一地区最高的塔，也并未给人留下特别的印象。唯一让我感兴趣的是佛塔周围的矮墙，像一条长龙，蜿蜒起伏的龙身使得这个本来世俗的地方变得庄严神圣。

看过勐龙的景点，不过如此而已。我在从景洪来的大路上步行两公里来到傣族村寨——曼飞龙。这一地区大部分的城镇和村寨名字都以"勐"或"曼"开头。在傣语中，"勐"指一个城镇或一群寨子，"曼"指的是一个寨子。如此说来，我走进的是飞龙寨，沿着一条土路穿过寨子，向寨后的小山爬去。路上，我在一个大佛寺驻足。寺里面住着几十位僧人，可是没有一位会说汉语，所以我继续攀登到达了山顶的佛塔。

这是西双版纳最著名的佛塔，称为"曼飞龙白塔"。白塔初建于1204年，后经多次重建，看起来最后一次重建就在不久之前。和黑塔一样，塔身以混凝土建成，外涂白漆，以黄色和红色点缀装饰。塔身旁边还有一座佛寺，但是香客们都在塔基处磕头祭拜。近前仔细一看，塔是建在一块巨大的圆石之上。我走到巨石的西南角，注意到座台上有个罩着玻璃的壁龛，上有小孔供人们塞入捐赠的钱。我朝里面望了望，发现了人们在此祭拜的缘由。这是佛祖的脚印。对，就是佛祖的脚印。传说佛祖施展法力，从印度巡游来此，在巨石上留下了脚印。中国各地及缅甸、老挝和泰国的佛教徒都前来朝拜佛祖留下的脚印。根据旁边牌子上的说明，佛祖在62岁时访问这一地区并留下了脚印。

根据《贝叶经》记载，佛塔本身于1204年建成，但在小乘佛教寺庙里见到佛祖脚印并不足为奇。佛教作为有组织的宗教，在佛教发展的初期并没有佛祖的塑像，因为人们觉得人形雕塑无法代表佛祖超脱众相的教义。因此，弟子们就用他的脚印代表他对尘世的超越。早期佛寺里唯一具有象征意义的就是佛祖的脚印。我加入了白塔基座壁龛前的朝拜者队伍，躬身祭拜，头顶上有上百条旗子猎猎作响，像是在齐声祈祷。

曼龙飞白塔

出门的时候，看护佛塔的一位傣族妇女告诉我，附近一个村寨里几个小时后要庆祝盛大的佛教节日。我突然回想起几天前我遇见几个年轻僧人往竹筒里填火药制作烟火的事。我正好赶上了放焰火的日子。佛教节在附近的曼坡寨举行，看塔的妇女给我指了路，我便下山来到勐龙至景洪的大路上，向北走了3公里到了曼飞龙后寨，然后右转拐上一条新建的道路，穿过一片稻田。

这时刚过中午，人们在每年阴历的第二个月圆之日过节，但是庆祝活动并不是等到月亮出来才开始。曼坡寨离大路约有一公里远，但我离得老远就听到了乐曲之声。几千名寨民早就聚集在寨庙那边一片宽阔的草地上，还有更多的人络绎不绝地从我身后赶来。

到曼坡寨之后，我经过一群当地妇女的身旁，她们正在卖各种各样的熟食，大部分是油炸的或是糯米做的。我停下来，享用了一些美食，然后穿过小吃摊，加入了围拢着两组舞蹈队的人群。每个舞蹈队都围成一个成对的圈子，姑娘在里，小伙在外。一队是已婚男女，另一队是未婚男女。圈子的中央是敲锣打鼓的乐队，略显笨拙的男人和身姿优美的妇女组成圈子围着乐队缓慢移动，往前走三步，再往后退一步，如风中杨柳般挥舞着双手。

除了跳舞奏乐，每隔一会儿，舞蹈场地边上搭起的竹架发射台就发射一枚烟火。几天前，我见过几个傣族僧人往竹筒里填火药制作烟火，而曼坡寨里堆了足有百余枚烟火。制作方法就是把填满火药的竹管绑在一根长长的竹竿上，前面糊上泥巴保持平衡，尾部挂一串鞭炮作引信。

烟火和跳舞一直持续到太阳下山、月亮升起。月亮刚刚接替了太阳值班，大家就开始分别回家吃晚饭睡觉了。最后一班车早就从公路上开走了，一位村民邀请我去他家，款待了我一顿水牛肉晚

庆祝佛教节日

傣族民居

餐，主人说傣族人逢年过节才吃水牛肉。我一直没搞明白那天是个什么重要节日，只知道是纪念一个很久以前住在西双版纳的有名的僧人，全地区的人在每年阴历的第二个满月之日，聚集在某些村寨举行庆祝活动，总共持续三天时间。由于是个佛教节日，没有喝酒，我第二天早晨醒来时，头脑清醒得很。谢过主人后，我走回到大路上，搭了一辆卡车，坐在后车厢里到了下一个镇子，最终赶上了一辆客车回到景洪。回去后我又研究了几个地方，喝了几瓶冰啤酒，余下的时间恢复体力，计划下一次探险。

/ 第二十章 /

茶

景洪的东、南、北三个方向我都去过了，接下来该去西边了。第二天上午，有一班客车开往我要去的方向，至少能到我的头两个目的地。这趟车走的是茶之旅。客车先沿着大路西行35公里，然后转弯行驶8公里到乡下一个叫南糯山的小寨子，那里长着一棵中国人所谓的"茶树王"。

大多数茶树都种得贴近地面，便于采摘茶叶。而茶树王接近6米高，植物学家估计其树龄超过800年。30年前茶树王的发现证明了这一理论的正确：茶是从西双版纳或缅甸边境那边引入并传播到世界各地的。

据我已经去世的朋友约翰·布洛菲尔德说，中国人早在1700年前就开始饮茶，他们把茶叶煮开当滋补品喝。直到大约1000年前，茶才作为饮品取代了其他草本冲泡饮料。后来，种茶技术传遍了中国，但云南茶叶在保健方面仍被认为是最好的。许多老年人坚持每天喝一壶普洱茶。普洱是昆明到景洪路上经过的一个市的名字，那里曾是各种西双版纳茶叶运往西藏和其他地区的集散地。后来普洱就成了这个地区出产的茶叶的代名词。但是普洱茶的老家其实在南糯山一带，游客在此可以观赏到800年茶叶种植历史上留下的孤独的幸存者。在此提醒一下，茶树王的桂冠十年前就被摘掉了，因为研究人员在勐海西部的大黑山又发现了一棵高达34米的野生茶树，推测其树龄为1700年，是茶树王的两倍。具有讽刺意味的是，1700年前茶叶才从这一地区引进中国其他地方，而最早的茶叶居然是从野生茶树上采收的，比如大黑山的这一棵。

可惜大黑山位于中缅边境，这一地区不允许外国人参观，除非你先经受一番官方的审查，再递上一笔数目可观的现金。但勐海却是个开放的县城，也是茶之旅的最后一站。大多数外国人在勐海匆匆而过，只是为了换乘客车或搭车离开县城。但因为它是该地区的茶叶生产中心，我便加入了茶之旅，去品尝香茶。最有名的茶自然是普洱，它具有一股独特的陈香味，但勐海也出产红茶和绿茶，甚至有一种叫

茶树王

景真八角亭

银针的白毫茶。我挨个品尝，买了好多，直到背包里装不下。然后，我结束了茶之旅，走到路边，乘上了下一班西行的汽车。

16公里之后，我在景真寨下车，西双版纳最特别的佛塔——景真八角亭就坐落在此地。塔建在一个人工小山的山顶，和大多数佛塔不同，它既不是圆形，也不是方形，而是一座八角塔。建塔的材质也多是木头，而非石材。这座八角亭真是一个建筑杰作，当我用望远镜仔细地研究从塔身一直到20米高的塔尖之间雕刻的艺术图案时，我对此更加确信无疑。根据院子里的标示牌，得知此塔建于1701年，"文革"中被毁，不久前刚刚重修过。

山顶上还有一个木结构的佛寺，几个小和尚坐在殿外的石阶上拨弄着打火机，等着老和尚叫他们进去听课学习佛法。佛寺和八角亭之间的空地上，长着一棵空心大树，仍在吐出新绿。我问小和尚们这是一棵什么树，但他们自顾玩着打火机，毫无反应。跟这棵空心树一样，佛教在西双版纳仍在吐枝发芽，但我不知道究竟会结出什么果。

我对这棵树的好奇没有得到满足，于是下山坐在石阶上听卖门票的大妈给我讲了这么一个故事：这座塔原来位于景真寨的外面。很久以前，景真寨的头人有个女儿叫南慕罕，南慕罕的父亲把她嫁给了西边几公里外勐遮寨头人的儿子召罕。勐遮的头人贪婪无比，打算发动一次偷袭霸占景真寨。可是，召罕偷听到其父的计划，告诉了自己的妻子。南慕罕却无法通知自己的父亲，因为勐遮头人禁止任何人离开庄园，以防计划泄露。南慕罕可是个聪明的姑娘，她给父亲写了一封信，藏在一只干葫芦里，葫芦外写上父亲的名字。夜里，她把葫芦扔进了流经勐遮到景真寨的河中。果然，第二天早晨，景真寨一位在河边洗衣服的老妇发现了葫芦，把它交给了头人。头人打开葫芦，得知了邻寨头人的阴谋企图，勐遮头人来犯时，被一举击败。

我问卖门票的大妈这是什么时候的事，她说从前勐遮寨外的路边上立着一块纪念碑，但很久以前就不见了。可是，语言和思想比石头更持久，她告诉我，过去两百多年来，景真寨和勐遮寨的村民一直在传诵这个故事，把它编成了一首歌，叫《葫芦传书》。

我谢过大妈，考虑着下一步行动。我要返回勐海，结束一天的活动，在当地招待所住一晚。由于我去的那天是周六，而西双版纳最著名的圩场每个星期日上午在勐海南边的勐罕镇举行，于是我决定去赶圩。第二天早上，我登上7点出发的早班车，8点就赶到了圩场。我和几千名群众一起挑选着商品。有几样东西引起了我的注意：两美元一件的手织傣族棉布筒裙，一美元一包12支的缅甸香

赶圩的妇女

烟。我去过广西北部大山里的瑶寨，但是这些瑶族人住在附近中缅边境的大山里，显然不那么容易管理。

　　据客车司机说，勐罕的星期日大集名不副实。他说西边塔鲁（音）的星期日大集更好一些。但是塔鲁位于边境，不对外国人开放。照他的话说，最火的进口商品是泰国的尼龙蚊帐、裙料和化妆品，而最受欢迎的出口商品是热水瓶、塑料鞋和打火机。

/ 第二十一章 /

布朗族

边境地区居住着好几个我还没有拜访过的少数民族，其中之一便是布朗族。可惜边境地区不对外国人开放，我无奈只得转身返回勐海。这些地方中我本想去探访的一个就是布朗山——布朗人居住的古老家园。

据1990年第4次人口普查统计，中国有82000名布朗人，大部分住在勐海东南部的山区中，住在布朗山中或附近的人口最为密集。布朗人很久以前就住在这一地区。根据中国历史资料记载，他们的祖先早在2000年前就住在这里。

几个世纪以来，布朗人和这一地区的其他少数民族（尤其是傣族）和睦相处。他们的大多数宗教信仰和社会习俗都与傣族相似。比如，布朗族原先没有自己的文字，于是他们派自己的后生去傣族寺庙里当和尚，在那里住上几年学习傣族文字。他们的大多数宗教节日与傣族节日完全一致，其中最重要的就是关门节和开门节[①]，

① 关门节，是信仰小乘佛教的傣族、布朗族、德昂族和部分佤族的传统节日，时间在傣历九月十五日（在农历六月中）。节日来源于古印度佛教雨季安居的习惯，类似中原佛教的"结夏"。历时三个月的传授佛法结束的那一天（即傣历十二月二十五日）便是开门节。——编者注

布朗族村寨

这两个节日都和2500年前佛教的早期发展有关。

在古印度，夏天雨季来临的时候，佛教徒有三个月的夏安居[①]集中修行，而傣族和布朗族按照他们的世俗需求对其加以改进。从七月中旬到十月中旬，村民们除了在当地赶圩外，哪儿也不能去。实际上，这段时间不仅是雨季，也是农忙季，每个人都得照料田里的庄稼。布朗族唱着傣歌庆祝关门节，又唱着傣歌把他们的大门打开。布朗族和傣族是两千多年的好朋友。

当然，我只能对布朗山作一次假想旅行了。当局不允许外国人私自入山，除非取得许可证并有导游陪同。这一次我也决定不再自己偷偷溜进山。因为我根本就没打算那么做。布朗山是蟾蜍族[②]的古老家园。对，就是蟾蜍族。

不过，也许你听说过他们的故事。很久以前，雨神帕雅天整整7年未给布朗山施一滴雨，最终蟾蜍们再也受不了了，其中一只就上天与帕雅天大战一场，结果惨败并被扔出天庭。可是，这是一只不屈不挠的蟾蜍，他找到朋友白蚁求援，白蚁答应帮忙。于是一天晚上，蟾蜍骑在白蚁背上飞回天宫，偷走了帕雅天的武器。第二天他们向帕雅天发起挑战，要求再战一场。这时，帕雅天发现自己的武器不见了，只好认输，并承诺每年都降雨下来。

可是，蟾蜍飞上天之前，为了轻装上阵，把皮脱下来放在了家里。他妻子以为是一件破旧脏臭的袍子，在他得胜回家的同时，把他的皮扔进了火中。蟾蜍变身成了人，也由此成了布朗族的祖先。

---

① 夏安居是佛教用语，谓僧众在夏天（从四月十五日至七月十五日）禁止外出，而应专心坐禅修学，又称坐夏、雨安居、夏竺、结夏、九旬禁足、制制安居。

——编者注

② 在布朗族的传说中，人是由蟾蜍变成的。——编者注

这一切都发生在我无法前往的那座大山里。既然不去布朗山了，散圩后我回到勐海，决定返回景洪，但在途中稍作停留。我决定再去参观我听说的另一个寨子。回景洪的半路上，我在流沙河边的一个地方下车，河对岸就是爱伲村寨班拉（音）。河上有座桥，但只有两根竹子那么宽，幸亏还有根绳子可以抓，我走钢丝般越过了流沙河，脚下是汹涌浑浊的河水。

班拉是个典型的爱伲村寨：土路、木楼、体型硕大的肥猪和个子矮小的村民。只有一样很特别，家家户户的房顶上都种着一簇簇的兰花，这使得寨子焕然改观。村民很热情，其中一位村妇邀我去她家喝杯茶，我坐下来学了几句爱伲话，其中一个词是"奥玛拉那"，就是黑米的意思。

我在景洪顿顿吃黑米，觉得这是我吃过的最好的米饭。它有一股坚果的香味，我可以不就菜干吃。地方政府也意识到黑米的特别之处，听说把它带出西双版纳是违法的。我的爱伲主人听我这么一说，转身离开，几分钟后提着一袋子"奥玛拉那"种子回来了。我真没打算做一个种稻谷的农民，可我无法说"不"。同样，我也无法对她拿给我的刺绣说"不"。

我就这么背着黑米种子和爱伲刺绣回到了景洪。之前访问过景洪的人把这个城市比作"很容易相处的热带穷乡僻壤"。那种形象已成为历史了。新建成的机场每天从昆明运来几千名游客。几十辆长途汽车在蜿蜒绵长的高速公路上行驶两天，带来更多的游客。但即使景洪大兴土木建设新的宾馆，到了四月份仍然远远无法满足需求。四月中旬，傣族庆祝旧历年结束，迎接新年。这就是汉人所谓的"泼水节"，那时城里找不到一间客房，甚至行程达两天的长途汽车上都找不到空位。

至于所有这一切热闹兴奋因何而起，我还是先讲个故事吧。很久以前，人类刚开始在这一地区居住时，世界由一个恶魔统治。恶魔有7个妻子，最小的妻子非常痛恨丈夫对她的族人施行的暴政。一天晚上，她把丈夫灌醉，假装关心他的身体，找出了他的致命之处，那就是他的脖子。恶魔睡着后，妻子拔下他的一根长长的白发，绕在他脖子上，用尽全身力气一勒，恶魔的头颅被齐根切掉，滚落在地上。但是，那头颅掉下后却开始喷涌血与火，并四处蔓延。她喊来其他的妻子们一起往头上浇水，冲刷污血，扑灭火焰。就这样，她们终于把自己的人民从恶魔的邪恶统治下解救出来。从此，傣族人就以互相泼水的方式洗掉过去一年的罪孽。

这就是泼水节的来历，每年四月中旬左右，整个西双版纳都来庆祝泼水节，而这恰好又是傣历新年的伊始。后来，当地政府认为，泼水节的日期不能每年变来变去，于是几年前就规定，每年四月十三日到十五日为傣族泼水节。我到的时候，离泼水节还有好几周时间，再说，我还得继续赶路，所以我就只能动身离开了。

我没有乘坐路程达两天的长途汽车，而是直接奔向机场。我早先订了飞往昆明的机票，打算继续往北去大理。看一下地图，你就会注意到，景洪到大理有一条公路，但坐长途车要三天才到，而且外国人还不能走那条公路。我一直没搞明白为什么。我候机飞往昆明时，遇见一对荷兰游客。他们试图从景洪搭车去大理，但半路上被警察抓住，又被遣返回景洪。外国人想乘汽车出景洪只能乘坐去昆明的那趟行程达两天的汽车。所以，我乘当天下午的飞机离开西双版纳，在春城的茶花宾馆又住了一晚。

/ 第二十二章 /

彝　族

第二天上午，我在昆明长途汽车站重新开始了我的北上旅途。我买了去大理的车票，汽车准时出发，不久就行驶在中国西南地区最现代化的高速公路上。可惜这段路只有35公里，到安宁县就截止了。

安宁县是安宁温泉的所在地，自2000年前引起游人的注意后，就一直被旅行者列入他们的日程之中。我走的这条路，就是曾被称为"南方丝绸之路"中的一段。虽然"南方丝绸之路"从未像穿越中亚的"北方丝绸之路"那么有名，但商人和僧侣也曾在此川流不息。大部分在安宁停下来泡温泉的旅人都要去安宁东边的法华寺或温泉东边的曹溪寺拜佛。我的旅行指南书中说，曹溪寺有昆明地区仅存的宋代建筑，里面的佛像可追溯到宋朝。还有一点让我很好奇，书上说佛殿的屋顶上有个洞，可以照进月光，每隔60年月光正好照在佛祖的额头上。

可是我坐的汽车并不在安宁停靠。昆明到大理有400公里远，司机一心要在天黑前赶到那里。实际上，我们这一路所作的停留，除了下车"方便"，就是在楚雄吃午饭那一次。楚雄是彝乡的中心，彝族是云南省人口最多的少数民族，有300多万。彝族最大的聚居地就在楚雄周边的大山里。当同车的乘客陆续下车走进餐馆吃

彝族服饰

午饭时，我在街上溜达着走进了城里最大的书店，买了本小册子，讲述的是彝族关于人类起源的传说。

根据彝族传说，或至少按书中的说法，人类经历了三个时代。第一个时代显然是一次试验。神创造了胸口正中长着一只眼睛的人。但是这些早期的人类太笨了，不知道怎样种菜、种粮食，甚至不知道怎么生小孩。最后神厌倦了这种试验，降下一股热浪消灭了这群独眼人。

第二个时代，神又试造了两只眼睛的人类模型，不过两只眼睛一上一下竖着排列在头部正中。长着两只眼睛的人类聪明多了，他们摸索出了怎么生小孩，就开始像兔子一样繁殖起来，甚至兄弟姐妹之间也生孩子。但他们总是为了争夺配偶而打仗，神嫌他们缺乏道德，就降下洪水要把人间冲刷干净。随着洪水上涨，神派一位特使下来查看竖眼人中是否有人值得一救。

正当特使搜寻这么一个人时，他被三兄弟抓住了。这三兄弟要他说出如何才能逃过这场洪水，否则就不放他。特使可不会帮助这么自私的人，他告诉老大要坐铁船才能从洪水中逃生。老大笑着去造他的铁船了，但他的两个弟弟仍然不放特使。特使就告诉老二坐铜船才是逃生的唯一出路，老二就去造铜船了，但他们还是没有给特使松绑。

老三并不像两个哥哥那么残忍，他放了特使。为表示感谢，特使送给他一粒魔法种子，瞬间结出了一个大葫芦，他让老三带着妹妹爬进葫芦里。他们刚爬进去，大水就冲进寨子，冲走了两个蠢哥哥，葫芦载着兄妹俩到了安全的地方，开始衍生一个新的种族。

几周前在西双版纳，我听过基诺族的传说，讲一对兄妹躲在一面大鼓里逃过了洪水，可是无法克服乱伦的禁忌，最终放弃了繁衍。但他们发现了一个葫芦，里面出来的四个人就是后来居住在那里的四个部落的祖先们。这是基诺族的传说。彝族是这样讲的：洪水过后，竖眼的老三和妹妹爬出葫芦，发现人间只剩下他俩。尽管乱伦是大忌，他们总得生孩子啊。开始几次都失败了，最后，妹妹生下来一个葫芦，打开葫芦一看，里面有36个孩子，都长着和你我一样的横着的双眼。这36个孩子分别成了不同部落的祖先。我快读完这个故事的时候，同车的乘客鱼贯走出饭馆，爬上汽车，并招手喊我上车。

/ 第二十三章 /

鸡足山

说话间回到车上，车子一路盘旋着开上高原，又驶过广袤的平原。时值三月下旬，到处是深浅不一的红褐色田野，间或有一片绿色的冬麦田或黄色的红花地。傍晚时分我们穿过长运平原（音），农民在这片红土地上辛勤耕作了3000多年。

"二战"时期，这片平原上有个简易机场，飞虎队当年飞越"驼峰航线"[1]时就在此停歇，卸货加油。现在旧跑道正在修整，准备起降客机。通航后昆明到大理的行程可以从10个小时缩短到不足2个小时。但汽车上没人说得清什么时候机场才能启用。一条新的高速公路也在建设中，预计能把行程缩短到5～6个小时，而我们当时得花近10个小时。

我终于来到了大理，其实不算是真正的大理。一千年前的古大理还在往北几千米外的地方，那里现在叫大理镇。我到的是所谓的大理市，这是新取的名字，以前这里称作"下关"。城里有一半的

---

① "驼峰航线"是"二战"时期中国和盟军的一条主要空中通道。航线所经山脉高低起伏，犹如骆驼的峰背，故而得名"驼峰航线"。——编者注

大理古城门

招牌还写着"下关"，所以我猜是刚换了名字。①来到了下关，走在大街上，寻找着下榻之处。我招手叫了一辆三轮车，不一会儿就到了洱海宾馆。

宾馆比较老旧，但仍是下关最好的住处，至少在1992年如此。房间极其宽敞，提供洗衣服务，每晚都有热水洗澡，而且位于远离马路的一个大院里。宾馆甚至还配有医生，我那天感冒了，不太舒服，尤其是刚坐了10个小时的长途车。医生来到我的房间，给我进行了长达一小时的穴位按摩，还给了我一些药。第二天，感冒就好了。50元人民币，差不多10美元，这是我在中国做过的最贵的按摩，但每一块钱都花得值。

刚才我忘说了，一到下关，我就去汽车站买了第二天上午去宾川的车票。宾川以前不对外国人开放，但我去时已经取消了限制。我把包放在宾馆，告诉他们我两天后回来。出了门，一辆三轮车正等着我，我提前十分钟赶到汽车站，还来得及吃一顿"饵块"。饵块是下关的特色食品，我在中国其他地方没见过。它外层是面，捏成半月形，约六英寸长（约15厘米），有点像酥皮饼或大蛋挞；里面裹着炸馅和黑芝麻酱，还有两样我不认得。饵块很适合作早餐点心，我原本想再多买两个在路上吃，但长途车不等人，而下一班车中午才发。

出发的情景令人难忘。车站停车场上一溜停着六七辆客车，显然都是同一时间发车。车站的铃声一响，客车一辆接一辆地开动，全体工作人员立正站在停车场中心，目送客车离开。所有司机一起

---

① "下关"为镇级行政单位，是大理民族自治州下辖大理市的政府驻地，并非旧称。——编者注

鸣笛，我们在渐强的喇叭声中驶出车站，开上大马路。我们出发了，去宾川，在糟糕的公路上向东北行驶70公里，就到了鸡足山的门户之地。可别被名字蒙蔽了，鸡足山是中国西南部最负盛名的朝圣地。再当一回朝山的香客，感觉真好。

汽车在下关南边拐上一条窄窄的圆石路，一路轰隆隆地穿过齐膝高的大豆和冬麦田，路边果园里花满枝头，偶尔掠过白族村寨，他们的传统民居基座是齐胸高的花岗石，二层是木料所建，粉墙黛瓦，煞是好看。

白族在云南西部地区世世代代居住了三千多年，一代代统治这一地区的白族王国为中国西南地区提供了最先进的早期文明。从白族村寨驶过，如同驶过富庶的汉族农村，只是白族妇女仍然穿着传统的服装：绣花围裙半遮住长裤，长袖白上衣外罩蓝色斜襟坎肩，头上缠着绣花的长帕子。给人的印象朴实又优雅，而她们都是普通的农村妇女。

汽车爬过了白族田野和村寨，又接连翻过几个光秃秃的山头。从下关出发两小时后，汽车驶进了宾川县城。宾川是古代白族早期文明的中心之一，但对我来说，只是过路转车的一个小城而已。当我得知去鸡足山的下一趟汽车3小时后才出发时，沮丧之情可想而知。

宾川唯一算得上景点的地方是县城中心的环形路口。我坐在那儿，观望着农耕机械和摩托车来来往往，无聊极了。后来，我沿街走到每周一次的圩集，跟几个正往车上装农产品的卡车司机聊了几句。真巧，其中一个司机要去的地方就在鸡足山的半路上。于是，我和十几个白族村民坐上了装有一吨多蔬菜的后车厢，几分钟后，我们上路了。

每隔一段时间，卡车就要停下来卸菜，这让我有机会观察几项农村里的活动，其中就包括建房子的各个不同阶段。最有趣的是白族人砌墙的过程。他们先在石头房基上放置一个木制的墙架子，然后往里面填泥，再把泥夯实夯牢。做完一层后，把架子上移，再重复同样的过程。墙体垒完后，在外表抹一层灰泥，然后粉刷成白色。这样砌成的墙看起来和水泥一样牢固。

卡车在甸头村（音）把我和其他人全部放下。那天是周二，也是甸头村的圩日。圩场上挤满了山上下来的村民，各种商品都有。有个人走过来要卖给我一只猫头鹰，他开价30元，也就是6美元。我问他我买一只猫头鹰来干什么。他说："吃啊。"我看了看猫头鹰，猫头鹰看了看我。还是我先眨了眨眼。

除了甸头村和邻寨的当地白族村民，圩集上还挤满了包着黑头帕的彝族人，他们从附近的山中来此卖柴火、草药及兽皮。他们的驴子就在圩场的外边，等着驮回煤油、食用油和农具等。咦？这是件什么东西：一个金属盒子，和一个老式收音机差不多大，安着几个红灯，几个按钮，还有一个开关。顶上有个牌子写着："灭鼠器，开关一开，老鼠玩完。"显然，这个玩意儿能发出高频信号，即使不致命，也能让老鼠心烦意乱。不过它很有可能只是把老鼠赶到隔壁邻居家里去了。可是，彝族村民上哪儿接电呢？也许他们村里有人有发电机吧。

逛完圩场，我沿着土路往回走。正巧有一辆满载农产品和白族村民的卡车要去沙址村，村子就坐落在这条路尽头的鸡足山脚下。我问能否搭个便车，有人伸手把我拉上车，几分钟后我们就出发了。这条路可难走了，司机必须不停地减速缓行。当地农民把路拦腰挖开，引水灌溉农田，根本不考虑机动车通行的问题。卡车压过这些沟渠时，得像蜗牛一样爬行，以免震坏轮轴。还好，一小时后我们就到了。开始我说是搭个便车，但实际上还是付了钱。其他村民也都付了钱，这毕竟是一种比较便利的交通方式。这条路上的公共汽车发车的频率和一日三餐差不多。说到吃饭，眼下就又到吃饭的时间了。

我付了5元车费，沿着泥泞的道路往沙址村走去。在通往村里的道路两旁有一些小饭店，我决定在在这里吃午饭。与我在其他旅游景点见过的饭店不同，这些白族饭馆地方不大，桌椅布置在露天里，周围像个小花园，和我在其他圣山脚下见过的商业味浓厚的饭店有着天壤之别。我选了左侧一家养着几十盆天竺葵、金鱼草、蜀葵和石竹的饭馆。还真选对了，这顿饭着实令我难忘，最出彩的菜是腌野猪肉片炒鸡蛋。野猪肉比我吃过的最好的加拿大培根还香。现在我明白了，为什么阿斯泰利克斯的朋友奥贝利克斯[1]总是赞美野猪了。整顿饭，加上一大盘蔬菜、汤和米饭，总共才花了12元人民币，只不过2美元多一点。

我和饭馆的白族老板娘聊天时，看见她家墙上挂着一幅褪色的鸡足山风景画，上面标着"文革"前遍布山上的108座佛寺及大殿的位置。我问她如今还剩下几座，她说："3座。"鸡足山曾经是中国西南最著名的佛教圣地，虽然遭到了红卫兵的破坏，如今仍然吸引着大批新的朝山者，他们雇车从昆明甚至成都等地源源不断地前来拜佛。显然，我来的时候是淡季。我开始登山时，没遇见别人。天色已近黄昏，不知道那3座佛寺隐身何处。

不知道从什么时候起此山被称为"鸡足山"，但我打听过的人

---

① 两人均为法国系列漫画《阿斯泰利克斯历险记》中的主人公。——译者注

鸡足山

都说山名取自山岭的形状，看起来像一只大公鸡的爪子。显然公鸡的腿和身子都在山峰之上的云雾深处。顶峰海拔3320米，相对高度1900米，山路一直通向山顶。饭馆老板娘说徒步登山要花5个多小时，跟骑马上山差不多的速度。当然，骑马的话就轻松多了。我在入口处经过了一队马和骡子，都配着鞍子，只要20元人民币就可以把香客驮上山。我考虑了一下，价钱倒不贵。但是这是座圣山，值得我为之流汗。不一会儿我就为石阶献祭上了微不足道的几滴汗水。

石阶的间隔很奇怪，肯定不是按照常人登山的步伐的。间距和高度更像是为马匹考虑而建的。我步履沉重地向上攀登时，经过一位老汉的身旁，他正在路边挖排水沟，以防雨水冲垮山路。他留着长长的胡子，没穿上衣，冲着我咧嘴一笑，算是打了个招呼。他说我最好抓紧点，不然到不了祝圣寺雨就下来了。我抬头看看，天空一片湛蓝。我问他怎么知道要下雨，他说他能闻到风中的雨味。我抽了抽鼻子，只闻到自己的汗味。

一个小时后，祝圣寺映入眼帘。山路平展开来。平地上有一棵古老的空心树，底部用作了佛龛。我燃香祭拜，抬头望望老螳螂是否还在。传说很久以前，有一只螳螂栖在这棵树的树枝上。它可不是普通的螳螂，它身形庞大，能变化成人形，而且通常变化成一个美女。鸡足山中天气变幻无常，很多独身的游人经常到树洞里避雨，尤其当树洞里有美女引诱时。但是他们一进去，美女就一把钳住他们，吸干他们的体液。

这样过了许多年，直到700年前的一天，一个名叫居诚的和尚听说了螳螂害人的事情，决心除掉它。他来到大树前，装扮成美女的螳螂像往常一样正等在里面。但是居诚没理她，在树洞里坐下来开始诵经，或者说念神咒。美女立刻变回螳螂原形。螳螂企图掐住和尚的脖子，但是和尚又念了一道咒，螳螂头晕眼花，瘫在地上。螳螂醒来时，和尚还没走，螳螂便磕头求和尚收它为徒。它跟着和尚潜心学习多年，终于得悟。但我不会念咒，所以我速速鞠了一躬，马上抬头望向树枝，只是以防万一罢了。树上并没有什么螳螂。但是我抬头仰望时，天开始下雨了，老汉预报得真准。我无心流连，急忙沿山路向祝圣寺攀登。

几分钟后，祝圣寺到了。祝圣寺始建于明朝嘉靖年间，它的前身是迎祥寺。我前一年在江西旅行时，访问过云居山，虚云老和尚120岁时在那里圆寂。虚云是中国佛教协会的发起人，是20世纪最著名的禅师。1904年他来到鸡足山，有心重兴鸡足山。为了重修

祝圣寺

寺庙，虚云开始接待四方朝山者，还亲自外出募化。光绪三十二年（1906年），虚云赴京请领清宫内务府所刊的藏经《龙藏》，不久得到光绪皇帝的恩准，除钦赐《龙藏》外，还御赐紫衣、钵具、玉印、赐杖等，同时对迎祥寺加赠名为"护国祝圣禅寺"。

进到寺院里，路过两棵雪松、两尊和树一样高大的木制护法神，我来到前院，里面有一棵开花的樱桃树。之后我进入大殿，在那里遇见了住持。住持是位慈善的老者，我待在寺里那段时间，他一直忙个不停，显然他事务繁多，还要照料客人。他邀请我在寺里过夜，我高兴地答应了。到山顶还得攀登4个小时，而当时已经是下午4点，我不能确定后面的路上还能否借宿。住持把我领到一间房，给我一暖壶热水，我冲了一杯速溶咖啡，能在下午喝上咖啡真难得。大约6点钟时，他来叫我吃晚饭，我享用了一顿不错的素餐。那天晚上，在寺里的钟声和风声的陪伴下，我进入了梦乡。

第二天，我早早出发了。从祝圣寺到山顶还要爬4个小时，我希望到达山顶后，黄昏时能再返回祝圣寺。至少我是这么计划的。但不久我就分了心。刚过寺庙300米，我离开大路，按照一个牌子的指示走下山坡来到一个亭子。从这里放眼望去，玉龙瀑布一览无余。很久以前，一个叫智光的和尚住在鸡足山上。智光可不是个普通的和尚，他有法力，还结交了许多神仙朋友。

一天，智光下帖邀请朋友赴宴，受邀者中有一位朋友是玉龙雪山之王，大王带来了他最小的女儿玉龙。玉龙的父亲与智光及一干神仙朋友享用着山珍海味。在他们谈论着上天入地的见闻时，徜徉在森林里的玉龙公主来到我现在所站的地方，她深深地爱上了这美丽的景色。临走时，她问父亲能否让她多待一阵子，父亲答应了。智光送给她一块地，她从此再也没回到北方雪山上她父亲的宫殿。

她日日随风歌唱，伴花起舞，并动用法力在附近大修庙宇殿堂。她越变越年轻，越变越漂亮，最后化身为一条清澈的小溪。1000年之后，我凝望着她纤细、优雅的身姿化作轻雾，又在玉龙瀑布下再现妩媚。

从这一番清晨梦幻中醒来，我返回山路上，发现自己又被前边的美景迷住了，路两旁是一片杜鹃花的海洋。盛开的杜鹃花，有的如灿烂朝霞，有的似丹唇烈焰。我驻足细看花朵，小心翼翼，生怕不小心摘下一朵，因为这里还是自然保护区。没看多大会儿，前边山路上蹿过一只野兽，消失在丛林中。那只野兽比狗大，比羊小，长着尾巴和鬃毛。我猜可能是我在山下吃过的那只野猪的近亲或者朋友。看来，野兽怕我更甚于我怕它，我耸耸肩，继续往山上爬。两边的针叶树和阔叶常青树遮天蔽日，还有成百上千盛开的红杜鹃和粉的、白的、黄的映山红。三月下旬，山中景色美不胜收。沿着缤纷的花瓣铺就的地毯前行，我遇见一位穿栗色长袍的西藏喇嘛从山上下来。他走近时，我念了一遍藏传佛教的六字大明咒"唵嘛呢叭咪吽"，意思是"莲花中的珍宝啊"。他回了一句更长的咒语，我不明白什么意思，但他说可保我一路平安。他说他从小当和尚，在青海省的塔尔寺住了多年。我告诉他我前一年探访黄河源头时去过塔尔寺，那是一次艰苦的旅行。可这会儿我突然觉得到达黄河源头似乎是件很容易的事。他说他已经94岁了。94岁啊，他刚刚徒步登上了3320米的鸡足山顶，现在又徒步下山，连气都不喘。唵嘛呢叭咪吽！

告别藏族僧人后不久，我来到了慧灯庵。慧灯庵就坐落在峰顶之下，在此可以看见峰顶高耸入云。有人在庵前放了几张竹躺椅，供游人在最后的冲刺前歇脚，同时可以观赏一下顶峰和山顶上的佛塔。景色很美。慧灯庵比祝圣寺小多了，但庵里却有十几间接待香客的客房，我想如果我有机会再游鸡足山，我会住在这里。沿山脚下的山路到此只需两个半小时，氛围又是如此亲密，如果我可以用"亲密"这个词形容一座尼庵的话。大门外还有几间棚子提供茶水和简单的饭菜，比如野猪肉和蘑菇等。

在此小憩后，我加把劲开始向峰顶攀登。路上，经过了一队骡子，正驮着砖头和粮食在崎岖的石阶上艰难地跋涉。走了不到一小时，我来到了铜佛寺的遗址，走进了用钢筋和砖头重建的小殿。里面有个年轻的和尚念诵着《观音赞》。他没注意到我的出现，于是我又退出来。殿左边有个牌子，写着山上另一个著名景点：华首门。牌子指向一条旁道，我沿着它穿过了一个狭窄的拱门，看见另一个牌子，上写：风光在前。我又跌跌撞撞地爬了几步，发现自己正与那道永恒之门面对面。可是，这扇门大出我所料。原来它是一面黑色崖壁，由岩石的天然断层形成了一扇门。这里就是迦叶最后现身之地。

迦叶是佛陀十大弟子之一，传说他于2400年前来到鸡足山。为了说明迦叶的重要地位，我有必要从头讲起。大梵天王献给佛陀一枝花，请佛为众生说法。佛陀接过花，把它举在手中。一干信众和弟子茫然不知何故，唯有迦叶尊者破颜微笑。这就是禅宗的起始：以心传心，以拈花微笑比喻参悟禅理。迦叶由此成为印度禅宗的第一代祖师。虽然没有史料证实，但据传迦叶在佛陀涅槃后来到鸡足山，在华首门崖壁下的洞中住了下来。迦叶来到此地后不久，有一天两个和尚上山来，走到迦叶的山洞前，迦叶出来说他好几个月没吃东西了，问和尚是否有吃的。和尚说他们带的粮食只够自己吃的，迦叶听罢转身回洞，石壁在他身后紧紧关上，自此他再也没有现身。两个和尚意识到自己犯了大错，在洞壁前痛哭，最终哭泣至死。崖壁下有一眼井盛满了他们的眼泪。听说朝山者舀水冲洗眼睛可以治好白内障及其他眼疾。我也用泉水洗了洗眼睛，头顶上的云彩破颜微笑了。

我抬头一望，佛塔就在头顶上，快到了。几分钟后，我气喘吁吁地来到塔前，我终于登上了山顶。佛塔边上有一座小庙和几座破旧的、供游客过夜的私营招待所。

来鸡足山观光最大的一个亮点据说是看日出。天气晴朗时，游客可以看见西边洱海的碧水和北边5500米高的玉龙雪山的雪顶。但是我到的那天雾气弥漫，寒气袭人，我可不打算在山顶过夜。此刻的我饥肠辘辘。佛塔后边有一些小铺，看起来没那么破旧，我走进其中一间，要了一碗面。骡队中的一个车把式也在里边，他请我跟他一起喝一杯暖暖身子。他拿一个空杯子在一个大罐子里舀了一杯加木瓜片的粮食酒。我不知道酒里放木瓜的作用是什么。我尝了一口，火烧火燎。但这种火烧火燎的感觉很好。赶骡子的人说，他运一趟食品或建材能拿到10块钱，也就是2美元；送一个人上山能拿到20块钱。生计艰难，但至少山顶上还有期待。喝了几杯木瓜酒之后，我有身轻如云的感觉。

下山之前，我在金顶寺的小石头院里朝拜了高达40米的方塔①。这座塔可以追溯到7世纪中期，即佛教刚刚在鸡足山兴盛起来的时候，从那以后它一直是鸡足山的象征。拜完佛塔，我飞身下山，不到一个小时，就回到了慧灯庵。然后，我没有按原路下山，而是拐到一个旁道，去往"文革"中被毁的放光寺遗址。路上，我

---

① 作者所说的方塔为楞严塔。——编者注

方塔（楞严塔）

注意到有一只野鸡在树丛中蹦蹦跳跳。这只野鸡是我见过的最漂亮的野鸡。它宝蓝色的身子，长着白色的长长的雉尾。它看到我，一下就飞走不见了。几分钟后，我来到放光寺遗址前，寺庙已经掩埋在草地下。这个地方被红卫兵毁掉前，朝山者纷纷来此观看每年一次出现在寺顶上的神秘佛光。

　　我躺在草地上，仰望着天空中云卷云舒。我把一路上的见闻都记录在录音机里。我不再用纸笔了。去年圣诞节，朋友弗雷德·戈福思送我一个录音机，我现在只用这个。我的记忆力越来越差，消失得如风一般快。但是有了小巧方便的录音机，我把每天的活动记录在磁带上，一盘能录两个小时。在放光寺，我甚至记录下云彩的形状。我看到有一朵云很像一只熊，就认定那是我早先在山路上见到的那只野兽。

　　把我能记住的事情都录下来之后，我站起身来，继续沿着这条新路往下走。走到半山腰，山路伸向一片开阔的草地，几匹马正在草地上吃草。草地的那端有座石头建筑，看起来像是一座小庙，我便走过去，敲了敲门。过了几秒钟，一个小伙子出现在门口，他手里拿着一个步话机。显然，他不是和尚。他说他和其他三个人住在这里，负责保护山上的动植物不被人偷猎。他指指我耳朵后夹着的杜鹃花，说摘花是违法的。我告诉他是在路上捡的，而且事实确实如此。可是为了保险起见，我刚一走开，就把花扔到了路边的小溪中。几分钟后，我在小溪汇聚的池塘里发现了那些花。我估摸着池塘够大，可以在里面洗个澡，于是就这么做了。我回到沙址村后，感觉跟出发前一样，浑身清爽无比。

　　已是傍晚，最后一班车早就开走了，离路边最近的一家饭店挂着一个牌子：欢迎外国游客。于是我进去坐下，主妇停止了打麻将，给我做了一盘难忘的西红柿炒鸡蛋加野猪肉片。我没忍心点野鸡肉。

就这样，我结束了鸡足山朝圣之旅。除了一位94岁的西藏喇嘛，我再没看见别的朝山者，只见过脚夫。这样的经历在中国很难得，整座山都属于我，而这还不是普通的山。我这样想着，进入了梦乡。

第二天早晨，主妇把我叫醒，说该动身了。太阳还没爬上山呢，但是我没有争辩。我抓起背包，走出门外。她让我跳上每天天刚蒙蒙亮就出发的卡车后车厢，两个小时后，我就回到了宾川县城，又过了两小时，我又回到了下关，吃上了饵块。

/ 第二十四章 /

大　理

　　过去，下关只是一个军事要塞，控制着东去昆明、西通缅甸、北往西藏、南下泰国的交通。无论在文化方面还是在政治方面，它都掩盖在往北15公里外的大理古城的光环之下。但时过境迁，大理镇现在只是个偏僻的省内旅游地，而下关（实是大理市）却拥有近50万人口，是云南西部最大的都市中心。从洱海岸边新建的博物馆足以看出这座城市的地位。我一边大嚼饵块一边决定去参观博物馆。饵块太大了，大得让你很难想象他们是怎么往里填馅的。博物馆大厅里有一半是空荡荡的，展览的也全是些照片啊地图啊什么的。除了几座佛塔下面出土的铜鼓和佛器之外，唯一值得一提的就是几处再现了当地少数民族生活条件的房屋内景，可是也没有任何牌子说明这是哪个民族的。我无心再看，打了辆三轮车回宾馆了。第二天早晨，我加入古城一日游旅游团，乘坐一辆满载游客的汽车，北行30分钟来到云南曾经的首府——大理古城。

　　大理也是白族的古老家园。1990年第4次人口普查统计，中国有150多万白族人，80%居住在大理周围200公里范围以内。至于他们来自哪里，在此居住了多少年，白族人有这样一个传说。很久以前，大地一片汪洋，巨浪滔天。一天，巨浪比平时更汹涌，浪头

大理古城

比以往更高，把天扯开了一个口子，两个太阳从窟窿里掉下来，在空中盘旋着，撞到一起，碰撞出的火花变成了星星。较小的那个太阳裂开，其外壳变成了月亮，内核掉入海中，海水开始沸腾，海里的龙王大怒，一口吞下太阳，可是太阳太烫了，龙王又把它吐了出来。太阳继续在空中盘旋，撞到了支撑着天的大山，裂成无数碎片。有的碎片划过天空变成了云彩，有的停在空中变成了飞鸟，有的落在山上变成了植物，有的落进山谷变成了走兽，还有的落回海里变成鱼儿，剩下的核落进山洞，一分两半：左边一半化成达博劳苔，即第一个女人；右边一半化成达博劳谷，即第一个男人。他们生下了十个儿子和十个女儿，他们的后代就是白族的祖先。

据白族民间故事记录，达博劳苔和达博劳谷的十双儿女生下的后代于公元737年被一个南方部落统一，他们在洱海南岸离下关不远的一个叫太和的地方建都。但是不久这第一个都城即遭遗弃，他们又在往北几公里的大理建造了第二个都城。就在那个时候，他们自称"白族"，他们的王国称为"南诏"。也是在那个时候，汉族皇帝封白族国王为"云南王"。

随着时光流逝，南诏国开始扩张边境，南至越南和泰国，西至缅甸，东至广西，北至四川。南诏国持续了一百多年，到937年，一个大臣发动叛乱，建立了号称"大理国"的新王朝，仍立大理为都。大理国王朝持续了317年的时间，直到1253年忽必烈侵入西南地区。可汗率大军由北面进攻的同时，还派出部分军队到西面，乘羊皮筏子从金沙江上冲下来，从侧翼对白族的军队发动突然袭击。从那以后，大理和云南其他地区就变成了中国的一部分。

从下关出发几分钟后，一日游团队来到了第一个大理古代遗址。路边300米处矗立着一座孤塔，叫作蛇骨塔。大多数佛塔都用来供奉古代高僧的舍利或法物，而这座塔是为纪念一个年轻人而建，当然这里边也有个故事。

很久以前，大理地区有一条人人谈之色变的巨蟒，它像鲸鱼那么大，我想可能是尼斯湖水怪的堂兄吧。它在洱海里游来游去，吞掉捕鱼船；它在岸边滑行，把躲避不及的牲口和村民吃掉。国王的士兵都杀不死它，所有人都无计可施。最后，一个叫段赤诚的年轻石匠提出一个计划，国王答应尽可能地提供他所需要的东西。

段赤诚先让国王的铁匠给他打了一副特殊的盔甲，上面装着几百支利箭。他穿上后像一只箭猪。然后他大步走向洱海岸边，这时巨蟒正在打盹，他用手中的剑向巨蟒刺去，可是巨蟒身躯庞大，剑刺根本不管用，只是把它惊醒了。被激怒的巨蟒，张开血盆大口，一口就把段赤诚吞进了肚中。这下可麻烦了，绑在段赤诚盔甲上的利箭划破了巨蟒的喉咙和肚肠，不一会儿，巨蟒就流血而死。不幸的是，等乡亲们把巨蟒的肚子剖开时，段赤诚已经死了。人们把他埋在附近的山丘下，把蟒蛇烧成灰，和着泥巴制成砖块，建造了这座塔，就是我们出下关去大理古城的路上经过的这座孤塔。

经过蛇骨塔后不久，我们又行经山脚下的另一栋建筑。据导游说，那里面有一块1200年前立的石碑，是南诏第一个国都的遗址。由于这是一日游，不是两日游，我们只是途经这里，几分钟后车子停在了南诏第二个国都——大理古城的南门。

导游告诉我们，我们有30分钟的时间游览古城的城门和主街。但是，我们一下车就被十几个叫卖小饰品和假古董的白族妇女围住，不能脱身。她们追着我们，经过城门，穿过一溜卖大理著名的扎染布的商店，一路追到了市博物馆。这时，30分钟自由的游览时间已经到了，该回去上车了。

我们的下一站更难忘，实际上是我在大理最难忘的一站：古城墙北边有三座白塔，屹立在巍峨的苍山雪峰脚下。中间那座高69.13米，建于8世纪大理成为南诏国都后不久；左右两边两座小些的也有40多米高，是一个世纪后建成的。佛塔所在的寺早已被毁，但三塔保存完好，白色的塔身在如墨的群山和洱海上空的彩霞的辉映下熠熠闪光。

我们向北又行了20余公里，去往一日游的下一站：蝴蝶泉。传说一对情侣曾经消失在清澈的泉水下，化为蝴蝶翩翩飞舞。这一次导游给了我们一个小时的自由游览时间，我们跟随她穿过一片卖扎染布的货摊，来到了苍山脚下的一个公园。蝴蝶泉在公园的中央，清澈透明的泉水中满是中国游客为祈愿投下的硬币。泉水之上，一棵参天大树的树枝伸过水面，下面被几个水泥柱子支撑着。仔细一

大理三塔

看，树枝原来也是水泥做的，涂了焦油，焦油上粘着一块块的树皮和几块苔藓。显然是以前的树枝断了，以此代替，但是以这种方式来维持原貌，真是太奇特了。

一对年轻人请我给他们在泉边照张相。他们正向堆满了成千上万的银色硬币的泉底投下了两枚，这时我按下了快门，想起了很久以前蝴蝶泉边的那对恋人。由于父母反对他们结婚，两人双双跳入泉中，化作一对黄色的蝴蝶。据说每年春天，数以百万计的蝴蝶后代飞过来落满了山林树丛。后来当地农民开始使用杀虫剂，毒死了毛毛虫，这种景象不复存在。导游说，当地政府现在禁止使用这些剧毒农药，期望蝴蝶重返泉边。可是我们只在出售的扎染布上看到了蝴蝶。

参观了洱海北边的蝴蝶泉，该游览洱海了。洱海是云南第二大湖，仅次于昆明南部的滇池。但是洱海湖水更深，平均湖深10米，而滇池平均水深只有5米。洱海的历史也更久远。

1200年前南诏国统治期间，确立了白族的统治地位，负责编纂国史的官员写道，白族的祖先住在大山里，有两只仙鹤指引着他们穿过密不透风的森林，沿着一条密道来到洱海，从此白族人就在这里定居下来。没有人知道在白族之前是什么人住在这里，但是不管是谁，他们流传下来的故事中说，洱海是喜马拉雅王的大女儿。我在鸡足山见过玉龙雪山王的小女儿，她变成了瀑布，而喜马拉雅王的大女儿变成了湖。

考古学家当然另有一说。他们开始关注并研究这一地区后，事实越来越清楚，几千年前新石器时代居住在这一地区的人与西藏东部的居民有关。事实上，大理横跨在连接西藏和东南亚的贸易要道上。在去洱海的路上，我们参观了洱海西岸的喜洲镇，在那里还能见到19世纪控制着大理地区贸易的商人的宅邸。西藏人需要香料和茶叶，而汉人需要兽皮和药用的动物器官。

在喜洲待了半个小时，我们最终到达洱海。我们等着游船从湖的南端过来，放下一船游客。等船的时候，我研究起岸边一艘正在建造的样子很奇怪的船。这是一艘双桅船，船舷在中间收窄，形似葫芦。造船的人说，这船用来运输从洱海陡峭的东岸挖出的石块。显然，装满石块后，收窄的那部分会扩张，以免船舷承受不住重压而裂开。设计得真精巧。

我们的船终于来了，这艘船可就逊色多了，是那种普通的双层游船。我们登上船，开始游湖。上船后先吃午饭——米饭和蔬菜。吃完饭，船上的人都拿出纸牌开始打扑克或打桥牌，偶尔中断游戏

洱海

出去站在景点前互相拍照。

其中一个景点是被称为"小普陀"的一座小石岛。普陀山是中国东海海岸离上海不远的一个大岛，是佛教中慈悲的观音菩萨的道场。洱海的小普陀有篮球场那么大，也是观音的道场——显然是过冬的道场，有一个供奉观音的观音阁。漂浮在湖心的小岛景色很迷人，事实上，除了大理三塔之外，小岛及观音阁是这片地区拍照最多的景点。我不知道观音是否真的来过这里，但看上去真像是仙人度假的地方。

在小普陀"到此拍照"后，我们继续沿东岸来到另一座庙宇——罗荃寺，大理地区最古老的佛寺之一。佛寺最早建于6世纪，而更早之前人们就在此地举行宗教仪式。海湾周围不仅环境优美，而且具有战略意义。海湾的南边是金梭岛，考古学家在岛上发现了3000年前的新石器时代的遗物，包括陶器和稻谷。但是一日游不在金梭岛停，只允许在罗荃寺停靠，给的时间也只够游客上岸拍照。我们的游览一小时后在洱海南端结束，我马不停蹄地从下关转战大理。

在全中国，大理是最佳的悠闲消遣之地。中国这样的地方确实不多，游客难得能在一个传统的古城放松一下，与其他的游客同乐并分享一路的见闻。我能想到的其他这样的地方就是桂林南边阳朔的酒吧和景洪的傣族旅馆与饭店，这两个地方我都已经去过。

现在，我把行李放在有些老旧的大理第二宾馆，冲了个澡，然后穿过马路，到"藏族酒吧"点了一客[①]加德满都牛排，另外要了两杯苏格兰威士忌。不错，大理确确实实是一片乐土。牛排超大，

---

① 一客，西餐点餐时常用的量词，即"一份"的意思。——编者注

小普陀

威士忌产自苏格兰，甜点我要了浇卡布奇诺的巧克力甜饼。我后来得知，老板以前在加德满都干过，清楚地了解外国游客的需求，尤其是饮食口味。

说到美食，我想教给大家一个几天前我在下关南诏宾馆的大厨那里挖来的食谱。宾馆的餐厅在宾馆后面的一个巷子里，当时一大半桌子都被一个婚宴预订了。新娘和新郎站在门口迎接来宾。我觉得装没看见不礼貌，就向他们道了个喜，但是婉拒了口香糖和香烟。

不知道我以前提过没有，在中国，想选一家好饭店，就看当地人在哪里举办婚宴。对中国人来说，民以食为天，请别人吃的饭越好就越有面子。因此，当我走进南诏宾馆的餐厅坐下来时，我确信我会享用一顿美食。结果它没有令我失望。这里的菜做得棒极了。饭后，我问服务生我能否与大厨一叙。几分钟后，大厨出来了，我告诉他菜很好吃，于是他回厨房前告诉我一个秘诀，怎么做一道简单又好喝的汤。真是太简单了，连我都会做，也许我这几天就做一次。

首先，把水烧开。当然，有些地方的自来水保准能毁了一锅汤，因此可以奢侈一点，用瓶装水——只是以防万一啊。两三个鸡蛋打散，倒入开水中。让鸡蛋液熬上几秒钟，注意，是几秒，不是几分钟，然后放入切好的西红柿块，搅拌几次，就好了。对，就是这样。不放盐，不放酱油，就是去壳的鸡蛋、去蒂的西红柿和不含氟的水。但是提醒一点：西红柿不要久煮。新鲜是这道汤的关键。你也可以试试不同品种的西红柿。除此之外，南诏宾馆的西红柿鸡蛋汤菜谱绝对让你做起来万无一失，我的《彩云之南菜谱》一书中一定会有它的一席之地。

再说"藏族酒吧",第二天早晨我又去点了一份早餐,就是一大碗燕麦片、水果、酸奶,还有一份过期的伦敦《太阳报》。这些,加上几杯卡布奇诺和服务生的几句忠告,让我马上行动起来。我走到马路对面,租了辆自行车,骑到大路上。我想再参观一些大理一日游没看到的地方。第一个景点其实是上百个景点,就是看城里的两条大路沿街有多少专卖扎染服饰的商店。我在其中一家待了好大一会儿,给朋友买了两条蓝白道的长袍,给自己买了件衬衫。我得说一下,在过去这二十年里,每逢特殊场合我就会穿上它。我穿着它朗诵诗歌或发表演说。衬衫上印满了扎染的小蝴蝶,它总是让我回想起在大理的时光。

买了袍子和衬衫后,我继续沿着大路骑到了市博物馆,就是我一日游时曾过门而不入的那座博物馆。我很快就明白了一日游为何不包括博物馆。显然,下关的博物馆把大理地区大多数历史文物都收入囊中,以填充它空荡荡的展厅,而大理的博物馆只好用挑剩下的凑合了。但是在挑剩的东西中仍有两件是我见过的最精美的文物。二楼的主厅里有两尊两米高的宋代木雕,都是由独木雕刻出来,分别是骑象的大行普贤菩萨和骑狮的大智文殊菩萨。雕像上零星有金色或红色斑点,说明这是彩漆木雕。但真正的艺术价值在于其雕刻工艺。两尊菩萨看起来庄严安详,和800年前用来雕刻他们的原木一样。

在另一个展厅里,我看到一件比较新的东西,是一组本地艺术家创作的丝印画。我被其中一幅手拿水果的白族女孩的画作所吸引。画的主色调是红色,与它的名字"红果"很贴切。画作标价200美元,高得令人咂舌。我无法说服自己把它买下。但那真是一幅漂亮的作品,我当时真不该那么小气。我骑车离开的路上一直在

街边摊

想那个手拿红果的少女，而那两尊安详的菩萨已经抛之脑后。

我穿过南门出城右拐，沿着一条上坡路骑到了一座孤塔前。原先围绕佛塔的寺院已经毁掉，正在重建之中。据说在佛塔和白雪皑皑的苍山之间的某个地方，立着一块忽必烈纪念碑，上面记录着这位蒙古领袖开拓云南疆域的事迹。我问工人知不知道纪念碑在什么地方，他们摇摇头，我只好返回大路，继续往南骑。

骑了大约4公里，我在观音庙停住，这里也是本地佛教协会的办公室所在地。庙不大，但是殿堂的石雕都很精致，还有一个全部是大理石砌成的亭子。过去几百年来，大理已经成为大理石的代名词，大理市仍然是庙宇建材的主要供货地。

过了观音庙，我又转了个弯，沿一条石子路推着自行车上坡走了一公里，来到柏树林掩映中的另一座小庙。我坐在庙门前，享受着爬坡的成果，那就是背后的青山和脚下的湖水构成的美景。但我最想的还是赶回大理，再去"藏族酒吧"吃一块巧克力甜饼。于是我返回那片乐土，计划着下次行动。

和阳朔一样，大理也有六七家专门招待外国人的酒吧，其中"藏族酒吧"最受欢迎。也许是因为它金黄色的装潢风格，也许是迈尔斯·戴维斯①的音乐磁带，也许是巧克力甜饼和牛排，也许是从美国威斯康星州来酒吧帮忙的乔。不管什么原因，它吸引了大部分从城里经过的外国人来此一坐，而且通常是一天至少来一次，直到离开大理为止。在酒吧的常客中，我认识了一位日本学生，他从东京赶来大理参加"三月街"，可当下离三月街还有两周呢。他说，到时候很难订到房间，早来是为了确保有地方住。

---

① 美国 20 世纪六七十年代爵士乐坛的标杆人物。——译者注

大理三月街是当地一年当中最大的节日，每年都会吸引几十万游客。三月街从每年阴历的三月十五，也就是通常的四月初开始，持续一周。三月街的举办地点在大理城外的苍山，自从很久以前，龙王的女儿在一个月夜仰望天空那时起，1000多年来，三月街一直在这里举行。

　　龙王的女儿名叫龙三公主，她是洱海龙王的三女儿，嫁给了一个渔夫。一个月圆之夜，她仰望天空，想知道月亮上是什么景象。她召来父亲的一个侍从，让他驮着她们夫妻俩去月亮上看一看。

　　他们到了月亮上，发现那里正在赶大集。上千名月亮居民围着一棵大树，唱歌、跳舞、讲故事，比武、赛艺、卖东西。夫妻俩大开眼界，后来他们返回大理城外自己的村子，决定也在附近山坡上围着一棵大树举办同样的大集。从此，三月街每年就在大理城西举办。白族的三月街相当于傣族的泼水节，这两个节在同一时间举行也并不是巧合。白族和傣族一样，也信佛，大理三月街随着在大理三塔前面的佛寺举行盛大的佛教仪式而正式开始。可惜，两周以后才是三月街，而我，一如既往，已经和公共汽车有个约会。

/第二十五章/

石宝山

第二天早晨，我翻身下床，从第二宾馆走到更豪华一点的第一宾馆。我买了每天上午7点在此经停北上的汽车票。车准时到达，我把刚刚喜欢上的城市甩在身后，同时甩在身后的还有出了城南往西行一路通向缅甸边境的那条缅甸公路。我选择的是通往西藏的路——我并不想去西藏那么远的地方，而是想尽可能地接近它。

路况不错，我们以每小时60公里的惊人速度行驶在大理平原上。大约30分钟后，我们从沙坪村岔路口疾驰而过。人们从远在克利夫兰和斯图加特的地方到这里来赶星期一大集。沙坪村星期一大集是这一地区最大的集市。可是那天是星期六，我可等不起两天的时间。

我们从岔路口驶过，两小时后，停在一个前不着村、后不着店的地方。时间不过刚到9九点半，可是这个前不着村、后不着店的地方有个孤零零的饭店，它和司机有协议。而我们的司机也并不是唯一的一个。几分钟后，又有一辆汽车停下，让乘客下车吃饭。可我并不饿，当大家都鱼贯走进饭店吃提前的午餐时，我就在外边等候，外边有六七个小贩在卖草药、煮鸡蛋、炸奶酪等。咦，怎么是他？是我在去鸡足山的路上碰见的那个人，他还在兜售同一只小猫

石宝山

头鹰。不同的是价格变了，从30元人民币提到了100元。他说，他在等沙坪的星期一大集。显然，星期一大集上买猫头鹰是不会便宜的。

午饭后，我们上车继续往北行驶在去西藏的路上，我可不是要去西藏啊。3个小时后，我在剑川县下车，可我也不是要去剑川。几分钟后，我坐在一辆拖拉机的后斗里，轰隆隆地往回开。我有一项使命要完成，而拖拉机正好和我同路——当然是要付钱的。

走了7公里后，我们在公交站点定南村（今称南村）拐弯向西。我的目的地是30公里外的石宝山。由于剑川没有公共交通，也没有出租车，我只好雇了一辆拖拉机送我往返。拖拉机主是个农民，我们很快就以30元人民币的公道价格成交。

这次旅行让人难忘，但我可不想再来一次，至少不想再坐拖拉机了。离开定南村的公路后不一会儿，我们转弯向西南方向拐到了一条土路上，这条路无论看起来还是走起来都像块搓衣板。接下来的3个小时，我们一路颠簸着"嘣嘣嘣"地上坡下坡，穿过山谷峡地，最终到达石宝山顶。下车的时候我全身的骨头还在嘎巴作响，而且一连响了好几个小时，不过至少我到达了目的地。

我之所以费力费钱跑到这里，是为了看看中国最独特的摩崖石刻。和大理一样，剑川地处东南亚和西藏之间的要道上，从这条道上的贸易中获利的商人们出资在石宝山上雕刻了几百座佛像。石宝山在剑川西南方，两地之间的直线距离为15公里。尽管乌鸦可以飞到这里，游人却没有几个。但是，石宝山之行绝不会让你失望，除非你对神秘性不感兴趣。

在沿着最后的8公里"之"字形山路登顶之前，我们经过了一条小路，通往宝相寺。我的司机说，大多数游客就走到宝相寺为止，但是这里没多少可看的，只是有几段路很危险，游客可以试试运气，从陡峭的山崖边小心翼翼地挪动过去。于是我们的东方红拖拉机直接开过宝相寺，来到路尽头。

我从空荡荡的停车场沿一条山路向石钟寺前进，老乡留在拖拉机旁等着。"石钟"这个名字来自庙旁的一块巨石。寺里没有和尚，只有几个看管的人。没有人愿意带我参观，我便自行走出山门，走了几百米后，在寺上边的崖壁上的一排木廊前停住了脚步。建这些木廊是为了保护一千年前雕刻在石崖上的塑像。虽然采取了保护措施，但由于岁月和风雨的侵蚀，只有8组石刻得以比较完整地保存下来。这些保存下来的石刻，无论艺术风格还是题材都令人称奇。中国还有哪个地方可以让佛教徒在石刻的女阴前烧香祭拜呢？

在历史学家看来，8座石窟当中的前两个最重要。这两个石窟里有1200年前统治着南诏国的两个国王的雕像，当时南诏的都城大理位于此地南方130公里处。两个国王及王公大臣们的面貌特征和衣着风格，为研究白族联盟统治西南地区的那一时代提供了重要信息。

另外5座石窟是佛教徒最感兴趣的，尤其是6号石窟，内有一尊佛像端坐莲花之上，左右有两个弟子服侍。牌子上说，这是释迦牟尼佛，旁边的弟子是阿难和迦叶。我怀疑这种说法是否准确，但我能与谁争辩呢？我怀疑的理由是，佛像周边有八个面目凶恶的护法神，他们通常侍奉大日如来，而大日如来是流行于西藏的密宗佛教所尊奉的最高神明。不过，场景里最有趣的并不是佛，而是八大护法，每一尊都有不止一张脸，或愁眉苦脸，或狰狞恐怖。据历史学家说，这是在西藏之外唯一发现这种雕塑的地方。

但是，最著名的石窟，也是我逗留最久的一座是8号石窟，它与南诏时期的历史及佛教的关系不大，而是有关古老的生殖崇拜的。石窟内有一个两英尺（约61厘米）高的女阴，置于莲花座上，旁边侍有两尊菩萨。自从一千年前它被雕刻在崖壁上，成千上万的妇女在此焚香燃烛，祈求生子。

我在此徘徊良久，然后沿着一条岔路走下崖壁，穿过一座石桥，来到山谷对面正对着寺庙的另一面山崖。这里只有三个石窟，有两个很难觅踪影。但功夫不负有心人，我找到了两个，第二个特别有意思。其中一尊刻像长着圆圆的眼睛和波斯贵族的鹰钩鼻。在马可·波罗肩负忽必烈可汗的使命穿越云南的几个世纪之前，中东地区的商人和使者已经经丝绸之路穿过西藏来到了这里。我忽然觉得，坐在拖拉机的后斗里颠簸三个小时的经历已算不上什么磨难了。

石宝山石刻

石宝山石刻

这面山上另一个值得一提的石窟里面雕刻着8世纪南诏时期一对国王和王后的石像，但是大门紧锁，我只能通过铁栅栏向昏暗的洞内窥探。看完了所有该看的东西，我回到停车场，准备再坐三小时的拖拉机返回剑川县。刚要出发时，停车场的工作人员透露了一个信息，说最好的石刻在往南几公里的地方，散布在山的北坡上。但他说，找到这些石刻可能有困难。可是，困难只能激励出解决办法，我转身就走。但是我没想到，和我将要发现的东西比起来，那座两英尺高的女阴石刻简直是小巫见大巫。

我从停车场沿着一条盘山道走了几公里，然后道路消失了。山坡上到处是石头和雪松。雪松是世界上最美的松树，树干呈螺旋形生长，而且长不高，也就十米左右。随着树的生长，较低的树枝掉落，上层的枝干形成一个浓绿的华盖。我觉得它应该更受盆景种植者的青睐。雪松的树形真是太美了。

显然，这面山坡上肯定有过一座石龛。在其中一块大石头上，我发现了一个圣人的雕像，有人还刻出了一个石坑，但是仍然不见路的踪迹。我继续寻找着前方可能有路的蛛丝马迹，这时我听到砍树的声音，便顺着声音的方向走去。走近一看，一位老妇正弯着腰砍一棵松树。这座山应该也是保护区，但她四周全是雪松树桩。我走到离她几米远的地方，问她去石刻怎么走。她起先没觉察到我的脚步声，猛一转身，差点被吓昏了。但是她没有昏倒，而是跪下乞求我不要把她带走，她还不想死。她看见我的大胡子，以为我是带她去地狱的小鬼。

我花了好几分钟跟她解释，才使她相信我不是来带她去阴间的。她以前从未见过外国人，像我这样留这么长胡子的人见得更少。她说："那么，你不是地狱来的，你是哪儿来的？"我问她有没有听说过洛杉矶，这也不起什么作用，她根本没听说过洛杉矶。说服她费了不少劲，但当她终于明白我不是来取她的灵魂时，她笑起来，边笑边告诉我沿着山岭走到下面的河谷就是。我按她指的路走到谷底，发现了我平生见过的最震撼人心的石刻佛像。

走进山谷，西侧的山坡上有三个神龛，每个里面都刻着一群巨大的石佛及侍从，有的高达5米。有两个石龛是锁着的，但我可以清晰地看到里面的刻像。石刻明显受到了东南亚风格的影响，尤其是衣服褶皱的处理方式。山谷入口处的石像令我流连许久。他们是露天雕刻的，而且保存完好。我久久不愿离去，但天色已晚，我该往回走了。可是，当我转身上坡时，我的目光又被眼前的一个巨大的女阴吸引住了，或许是世界上最大的一个。它是崖壁上的一个天然石缝，高约5米，两侧有两块巨石浮雕护卫。我艰难地穿过山坡上齐肩高的灌木丛，爬到石缝处，往里察看。看不清里面有没有祭拜送子娘娘的贡品，太暗了。外边的光线也开始变暗，太阳开始下山了。我急忙赶回停车场，老乡和他的拖拉机还在等着我。但是我正想爬上车时，老乡说我们得在石钟寺过夜。他的拖拉机没有车灯。

其实也没什么不方便。寺庙周围环境优美，条件也不错。看护人带我和老乡来到一间松木板房，向北可以俯瞰狮子关。但房间里不止我们俩。另外一伙六七个游客几乎与我们同时到达。他们从大理来，不光带着车，还带着羊，他们说羊是从路上的集市花45块钱买的。他们登记住宿时，把羊的四蹄捆住，扔在院子里。然后，他们割开羊的喉咙，放血、扒皮，开始在露天里烧烤。他们请我一起吃肉，被我婉言谢绝。虽然没有和尚，但这个地方对我来说仍是一座寺庙。我吃的是野菜拌米饭。

石刻佛像

剑川

　　第二天，我才意识到我们是在山上过的夜。天太冷了，老乡往拖拉机的水箱里倒了些热水，才把车发动起来。我们出发了，又得在把骨头都能震碎的山路上开三个小时的车才能回到现实世界。农闲时节，拖拉机主人在剑川和偏僻的乡村之间载客拉货挣点钱。当我回到县城时，发现北行的汽车三小时后才出发，老乡就邀我去他家吃午饭，他家就在县城东边的山脚下。剑川县城位于东山和西山之间的一个狭长的山谷中。

　　两座山的山坡上布满了1000年前在崖壁上雕刻出来的小石龛和佛像。我到的时候正是插秧的季节，吃过午饭，我站在稻田里观看白族村民焚香上贡祭谷神。连小孩子都恭恭敬敬地磕头，以免神灵降罪在他们幼小的肩膀上，招致歉收。我也拜了拜，然后登上最后一班北行的汽车，朝西藏方向进发。

/ 第二十六章 /

丽　江

　　从剑川向北走了一小时，道路分岔，汽车右拐开上高原，向丽江驶去。我刚开始计划这次旅行时，在地图上画了一条线，准备经丽江向北去100公里外的中甸。可惜大理官方说这不可能。中甸不对外国人开放，至少在1992年是如此。要在过去，我早就无视这般限制，碰碰运气了。最糟的情况也不过是拘留一两天，罚款100美元，然后从哪儿来遣送回哪儿去。三天之后，官方要去接触外国人所属国家的大使馆，施加谴责。而他们通常不愿意处理这类相关文案工作。可是，我这次时间紧，钱也不多，100美元的罚款和一夜拘留的冒险也太大了。

　　尽管不允许参观中甸，但我阅读了有关此地及其居民的资料。除藏族之外，中甸还是纳西族的家园。藏族和纳西族的祖先都可以追溯到3000年前居住在中甸以西和以北的几个羌族分支。那个时候，纳西族的祖先居住在青海省东部黄河上游地区。1000年后，羌族的其他分支及汉族人开始向这个地区扩张，纳西族开始向南迁移，在过去1500年间，他们一直居住在云南西北部。

　　在这片高原和峡谷中，中甸县城在纳西历史上具有特殊的地位。中甸是纳西族伟大的民族英雄丁巴什罗的故乡。丁巴什罗出生在11世纪，阴历的九月十三那天。他出生时，所有的魔鬼都咬牙切齿，又恨又怕。有个叫库松玛的女巫，不仅咬牙切齿，还把丁巴什罗从母亲身边抢走，窜进大山，把他扔进一口大锅，点火煮了三天三夜。可是当她揭开锅盖的时候，丁巴什罗毫发无损，随着水蒸气飘上天空。他与神仙住在一起，学会了魔咒和仙术。

丁巴什罗终归要回到人间，他一回来，就径直去找库松玛。他说："我在天宫里有九十九个仙女陪伴，现在我回到了人间，我要一个凡间女子，既然你是人间最漂亮、魔法最高的女人，我想娶你为妻。"库松玛几乎不敢相信自己的耳朵，但是这个提议不错，她最终打消了顾虑，与丁巴什罗结了婚。但是这场婚姻不那么顺利，库松玛总是招灾生疫，丁巴什罗就总是到处为她善后。

终于，丁巴什罗忍无可忍，他把库松玛扔进了她当年煮自己的那口大锅，但是库松玛可没那么好的本事。在她断气之前，她诅咒说："愿你一辈子都待在海底。"此后不久，丁巴什罗去湖中游泳，沉到了湖底。没有人知道发生了什么事情，直到他的徒弟发现他放在岸边的衣服。幸好，他们猜到了原委，用一根绳子绑住一块石头，投进湖中。丁巴什罗抓住绳子，被救了上来，他余生一直致力于帮助人民。每年阴历二月初八，纳西族村民从几百里外赶来，在中甸城外的白地峡纪念他。中甸，我无法亲身前往，只能在想象中"到此一游"。

遐想中的游览只能到此为止。从通往中甸县的路口转弯，行驶了两小时后，我乘坐的汽车穿过一个大盆地，到达丽江。丽江和中甸一样，也是纳西族的家园，是唯一一个外国人可以了解纳西族文化的地方。城北部有个漂亮的公园（即玉泉公园），里面有个黑龙潭。公园南边的小山上有东巴文化研究所。我在丽江第二宾馆放下行李，立刻直奔那里。

"东巴教"是1000多年前纳西族英雄丁巴什罗开创的宗教名称。"东巴"的意思就是"山经"，佛教典籍称为"经"。丁巴什罗开创的东巴教结合了佛教与高原人民信奉的萨满教。丁巴什罗记录他的宗教思想时，还创造了自己的象形文字，不传别人，只教给他的亲近弟子，这种文字被称为"东巴文"。据研究所给我带路的女孩说，只有个别纳西人还能读写这种神奇的文字，文字形状包括兽头、人形、太阳、月亮等。后来，我在研究所书店买了本《东巴经》，以备以后用它来祈雨啊、止涝啊，或者在中国的火车上求个卧铺什么的，但我的导游告诉我几年之内恐怕没人能给我解释经里写的是什么。东巴的身份和知识都是父传子承，显然，目前仅剩为数不多的几个东巴，而他们的儿子没几个愿意学习这种祛病消灾的巫术。

除了传统的纳西风格的房子和一个漂亮的花园，研究所还有几个展厅，主要展出祭祀法器、仪式及东巴艺术和文学。最有趣的展览要数一些木桩，上面画满了神兽图案和东巴文字。我的导游说，如果家里有人生病或去世，就把这些木桩砸进房子周围的地里，以驱赶恶灵。不同的木桩组合用来驱赶不同的恶灵，有点像针灸。

研究所还收藏有一批东巴乐器。全套演奏乐器主要是打击乐器和管弦乐器，包括钹、手鼓，甚至还有海螺壳，其作用也是驱魔。奇怪的是，大多数来丽江的外国人都要拜访当地剧院，聆听纳西音乐家演奏传统的驱鬼音乐。而音乐家们似乎也并不在乎音乐管不管用。于是外国人络绎不绝。

在过去1000年里，东巴一直充当纳西部落的巫师，他们的首要作用是帮助亡者求得一个更好的来生。他们的首要助手是汉族和纳西族都称为"鹏"的神鸟。道教著作《庄子》开头写道："北冥有鱼，其名为鲲。鲲之大，不知其几千里也。化而为鸟，其名为鹏。鹏之背，不知其几千里也。怒而飞，其翼若垂天之云。是鸟也，海运则将徙于南冥。南冥者，天池也。"

研究所的一个展厅中有一座傲立在生界和来生界之间的大鹏雕像。大鹏和来生界的那边是涅槃山，东巴巫师的职责之一就是召唤大鹏从邪恶的、充满迷失灵魂的来生界超度亡灵，带他们进入极乐世界。

鹏是纳西人民的老朋友。纳西人认为，人类和龙族都源于同一个父亲。父亲年老后，把天和地平均分给两个孩子。但是，长者刚刚去世，龙就欺凌自己弱小的弟弟，于是人类唤来大鹏，大鹏俘虏了恶龙，把它放逐到北方冰雪覆盖的大山中。

站在研究所门外遥望北方，我可以清楚地看到5500米高的玉龙雪山的雪峰。人类至今还没有登上峰顶。据说峰顶的风力太强，而且积雪容易松动。更有可能的是，玉龙根本不喜欢造访者。那些能和当地中国旅行社打交道的游客可以爬到日本和美国登山队使用过的大本营，这些登山队曾爬过玉龙雪山，但是没有找到登顶的路。

第二天，我决定拜访玉龙。不过我决定放弃大本营，只参观玉峰寺。玉峰寺就在雪山南坡脚下，离龙颜够近了。在丽江大街的毛主席巨型塑像前，每天早上都有一辆私营汽车等着拉客。如果上车的人够多，司机就会在9点左右出发。我正好赶上最后一个座位，30分钟后就到了玉峰寺。

庙里刚刚请回了几个藏族喇嘛在主持事务，我听到他们在隔壁的佛堂里念经。佛堂不对外开放，但吸引我的倒不是喇嘛们。500年前，有人在庙里种了两棵茶花树，云南是山茶花之乡，而玉峰寺里的这两棵山茶树是茶花国王和王后。看庙人说，他曾经数过树上的茶花，足有一万多朵。他并没有夸大其词，山茶树正在盛开，枝头上挂满了至少一万朵红山茶。

国际茶花协会第四任主席托比曾三次来访，见到山茶树也连连称奇。除了树龄老，树形大，他还称赞这两棵山茶树是嫁接和修剪的杰作。确实，庙宇在山茶树身旁也相形见绌。但山茶花并不是丽江唯一的植物瑰宝。1922年至1949年间，美国植物学家约瑟夫·洛克就在离庙里的山茶树不远的山丘上成立了工作室。在将近三十年的时间里，洛克发现了几百种新的植物物种，并把他们介绍到世界各地。洛克是个伟大的人，他要么不做，要么就做一番宏伟

玉峰寺里的山茶树

事业。他搜集植物时组织了一个庞大的探险队，而他的散文也极其考验读者的耐心。诗人埃兹拉·庞德就是一位极富耐心的读者。美国政府把庞德关在疯人院时，他最爱读的书就是洛克的《中国西南古纳西王国》，里面的语句散布在他的诗篇中："蒿种、竹种，在命运之盘中簸扬。"

　　观赏过这两棵有500年历史的花团锦簇的老山茶树，我乘车在中国最孤独的公路上返回丽江。半路上，我让司机把我放下，他继续前行回丽江，我则沿一条土路步行去往西边两公里外的一个小村庄，村名叫白沙。13世纪忽必烈征服这一地区前，白沙是纳西王国的首都。再往前2500年，纳西人居住在遥远的北方，即现在的青海省，以放牧为生。历史学家说，纳西人在青海放羊牧马，生活安宁，直到2000年前，匈奴开始践踏蹂躏中亚地区。西有藏族把守，东有汉族阻挡，纳西人无奈南迁。他们最终在丽江周围的高原地区定居。在丽江和玉龙雪山之间的平原上，他们建立了毫不起眼的都城。走了20分钟后，我来到了都城的遗址。遗址上有两座600年之久的庙宇，两边各有一个土地足球场。在庙门外，我遇见一个看护人。他在他的办公室兼卧室请我喝了杯茶，就带我去参观古代纳西国王的遗产。

　　纳西族宗教是一个独特的混合体，融合了土著宗教、道教和藏传佛教。几个殿里挂着一幅有500年历史的精美壁画，它们都属于国家级文物。我忘了带闪光灯或望远镜，在幽暗中很多局部细节看不清楚。尽管壁画上大多数人像的眼睛被人野蛮地凿掉了，但仍可看出古纳西人高超的艺术造诣。只有大殿后部十块壁画上的百尊佛像和道教圣人没被挖掉眼睛。

　　除了两座佛殿，在足球场的北边还有一座孔庙。我往里探了探

白沙壁画

白沙村

头，发现它还兼作村里的学校，学生正在上课。除了佛殿和孔庙，
到白沙来还有一件事，就是拜访和医生。和医生是本地用草药包治
百病的中医。到过白沙的朋友都说起过他怪异的治疗方法。可惜，
他去山中采药了，我只好搭一辆拖拉机返回丽江。

在丽江第二宾馆洗去一路风尘，我换上晚装，走过大街，计划
着我的下一步喜马拉雅风光探险之旅。制订计划的最佳之地无疑是
城里毛主席巨型雕像旁边的"彼得酒吧"。和大理的同类酒吧一
样，"彼得酒吧"很合外国游客的口味。但是由于位置比较偏远，
丽江的游客没有大理那么多，酒吧这类场所只有彼得和隔壁另一
家。虽然西餐比不上大理酒吧的水平，但"彼得酒吧"仍是一个
令人忘忧之地，老板娘也是如此。她叫水晶，酒吧以她美国男朋
友——或者说丈夫——的名字命名。最新的消息是，彼得在阿拉斯

加的霍默镇老家砍柴预备过冬，而水晶等着拿到结婚签证去那边与他会合。

外国人来到城里后，迟早会出现在"彼得酒吧"。这时，水晶就会办一场纳西宴会，还会唱汉族和纳西族歌剧中的咏叹调来招待大家。水晶的演唱水平绝对高于她的烹饪水平。她曾是当地歌剧团的女歌手。几年之后，她辞职不干，再也没回头。她向我透露，她现在挣钱比城里任何人都多，她说的也许是事实。她是个不寻常的女人。而阿拉斯加的霍默镇，如果她真能去那儿的话，也会因她而不同。

我就这样在毛主席挥舞的手臂下制订了我的下一步探险计划。其中一个计划是去石鼓镇，乘私人交通工具一日游，或乘公共汽车二日游。石鼓就在大理去西藏的大路边上，在过了丽江不远的地方。当地传说，石鼓是诸葛亮的军队留下的遗产。诸葛亮是拥护废黜的汉帝的蜀军军师。他的军队留下这面石鼓，作为汉人统治国家西部边疆的象征。游客仍能看到那面放在金沙江岸边不远处的鼓。公元200年，它用一块巨型大理石刻出，1300年后，丽江土司在这里大破吐蕃20万大军，上面又刻上了字，其中著名的一句是："头堆如瓜，血流似酒。"

诸葛亮大军留下石鼓之地是个战略要地，中国人称之为"长江第一湾"，因为在这里江水流速减缓，转了个180度的大弯。13世纪蒙古人入侵西南也是在这里渡过的长江。70多年前，红军长征也是从这里渡江。在石鼓往上的地方，有一个纪念碑，纪念当地老百姓连续奋战四天四夜帮助18000名红军战士渡过金沙江的事迹。在纪念碑处可以一览长江景色，从青藏高原奔涌而下的江水在此喘了口气，继续奔流向前，进入等待已久的虎跳峡口中。

思绪再回到丽江，我仍然坐在酒吧里，在毛主席挥舞的手臂下反复思考到底该去哪里。我又要了一杯卡布奇诺，重新点燃一支吸剩的雪茄，翻阅酒吧自制的记事本，上面有以前的游客所写的留言。有一段署名为"纽约的斯泰西"，文章中这样写道："我明天要去大理治疗狂犬病，真吓死了。我在虎跳峡东边的一个村子被一只恶狗咬伤了。虎跳峡很壮观，高耸入云的花岗石壁，漫天蝴蝶，脚下是奔腾的长江。如果你跟我们一样，要待两天，可以住在核桃村客栈，进入峡谷走6个小时即到。从客栈再走4个小时就到虎跳峡的东端，我就是在那里被狗咬的。千万小心。很多狗都携带狂犬病，但无症状。另外，丽江的医院没有治疗狂犬病的药。虎跳峡值得一游吗？等我到大理才能知道答案。"

　　看到这里，我喝光咖啡，马上安排如何去虎跳峡。真是说起来容易做起来难啊。丽江没有直达虎跳峡西端的汽车，而去东端的汽车每四天才发一班。唉，下一趟车三天后才出发，而且票早就卖光了。我回到"彼得酒吧"，又点了一杯卡布奇诺。这东西我喝着有点上瘾了，但这次我还加了一杯中国白兰地。

　　我把交通难题告诉了水晶，她马上出去想办法。几分钟后，她带着一个司机回来，司机开价300元人民币，也就是60美元，往返接送我去虎跳峡。这个价可不低，但是路也确实不好走。毕竟往返有180公里呢。为了减轻负担，酒吧里另外两个外国人答应和我拼车，但他们只出单程的车费。他们计划步行穿过峡谷，从另一端返回丽江。而我的目的就是去看看虎跳峡。

　　第二天一大早，我们在"彼得酒吧"会合上车，发现这原来是公家的一辆卡车，能坐下6个人。后来我们得知，司机头天晚上称病请假，这样他就可以借机赚我们一大笔钱，比他上班一个月挣得都多。

玉龙雪山

　　我们拂晓出发离开丽江，向北朝着玉龙雪山的方向行进。半个小时后，快到玉龙雪山东坡时，司机一个急刹车，跳出车外，开始追赶起一只狼。我们也都跳下车，跟着他跑起来。我想，当时我们谁也没考虑万一追上那只狼该怎么办。幸好，那只狼免去了我们的麻烦。虽然只有三条好腿，它还是轻松地把我们甩在身后。司机说它那条腿肯定是掉进陷阱受了伤，或者为了逃脱陷阱自己咬断的。他说丽江周围原先有很多狼，有时甚至跑进城里，但现在一只也没有了。这是他多年来见过的第一只狼，也许这就是他那么疯跑的原因吧。而我们三个疯癫癫地是为什么，我也很纳闷。

　　我们回到车上，继续前进。过了23公里的界碑，我们又停下了。这次，司机领我们登上一个树木丛生的土墩，眼前是一片壮丽的景色，整个玉龙雪山东侧白雪皑皑的山峰尽收眼底。山脊下面是环绕5500米顶峰的冰川。我们真想在那里待上一天，就那么静静地欣赏美景。可是司机说该回车上了，我们便老老实实地回到车上。

在32公里界碑处，我们经过了一个彝族聚居地，那里有个签发探险许可证的办公室。但是我们没时间去寻找大熊猫或云豹，也不想爬山，所以我们径直驶过。最后，在60公里界碑处，我们开始沿着"之"字形盘山路向下行驶30公里，去纳西县的大具乡。从丽江出发4个小时后，我们终于抵达了目的地。

大具乡位于高山河谷的底部，可以俯瞰虎跳峡的末端。在卡车扬起的尘土中，我们走进了虎跳峡宾馆空荡荡的前厅，对于一个兼做旅社和饭店的小而洁净的店来说，名字起得有点大。一间房只要两块钱人民币。饭菜没那么便宜，但我们发现厨房里货源充足，足以供应一顿丰盛的午餐。

随后，那两位同行的外国人与我告别，向山谷底部走去。与此同时，宾馆的厨师安排一个当地农民带我往村西走了3公里，来到一个能俯瞰最湍急的一段江水的地点。这是一段艰难的行程，我必须努力前倾着身子，才不至于被从峡谷吹来的狂风吹得倒退。一个半小时后，我们来到一个岬角，从这里往西正好看到传说中老虎在江面跳来跳去的地方。玉龙雪山和哈巴雪山的悬崖在此相距不过30米，据说这是整个长江最狭窄的一段。

江水在此风驰电掣般奔腾而下，长达17公里的峡谷激起湍急的水流，从来没有人乘木筏或橡皮艇成功穿越此地。1986年，一支中国漂流队在密封的橡皮桶里成功穿越虎跳峡，但有两人丢了性命。三年后，这支漂流队的幸存者试图乘皮筏子穿越黄河一处类似的河段，结果尸骨无存。

我站在虎跳峡的东端，可以看到北岸有一条与峡谷平行的小路。从我所站的地点可以清楚地看到小路的前半段，那两个外国人不久就会走在上面。我的导游说，那条峡谷山道总共30公里长。他指给我看当地农民在岩石上凿出的一段小路，上方耸立着一面乱石林立的崖壁。他说那是山道最危险的一段路。每年都有人被滚落的山石砸死，也有人被劲风刮落跌入深渊。

我庆幸我只是来看看。看得差不多了，我返身回到卡车，发现有4位新乘客坐在后座上。司机站在卡车边，我问他是否得减点租车费。他说这4人过去一年在大具的烟草加工厂工作，现在该调回丽江了。他们都是他所在单位高层领导的儿子，他也没办法。我能有什么办法呢？我爬上车，踏上返回丽江的4个小时的旅途。可是我们没走多远，在翻越大山的半路上，卡车的联动装置坏了，停在了路边。参观虎跳峡的喜悦消失得无影无踪。乡村里找不到卡车零件，下一个城市就是丽江，远在90公里以外。长途汽车还得等两天。我又一次陷入困境。

司机点了根烟，拿出修车工具，我也决定活动一下腿脚。司机敲敲打打地不知弄什么，我在路上溜达，观察纳西村民正在建的一所新房子。房子是基本的方形，跟全世界各地的都一样。但房基和第一层的墙都是花岗石砌成。第二层用的是松木板和松木柱，都是手工建造。我走过去，建房的男男女女都向我挥手，邀我上他们的二层屋顶。他们是一家人，在为家里刚结婚的一个兄弟盖房子。这是三月下旬，他们说正是建房子的好时候：冬天刚过，春季插秧还没开始，一个月就能建好房子，建材花费5000元人民币，大约1000美元。他们说像他们建的这种房子可以住两代人之久。

他们在房子旁边还用土坯建了一个小而高的房子，没有窗户。没做窗户是因为里面不住人，也不养家畜。这房子是用来晾晒烟叶

虎跳峡

的，烟叶是云南出名的特产之一。房子的底部有个小烤炉，上面是放烟叶的一排架子。我探进头去，正准备仔细看看，突然听到一声喇叭响。卡车司机自己敲打出一个新零件，把联动装置修好了。我的"彩云之南"之旅又一次得到了上帝的眷顾，傍晚时分我回到了丽江。

/ 第二十七章 /

最后一程

第二天上午，我买了去金江的车票。汽车第三天才出发，所以我在丽江的最后一天就在古城区闲逛。丽江算不上一个城市，直到600年前，蒙古人，接着是汉人，从纳西人和山地居民彝族人手中夺取了控制权，把它变成一个行政中心和贸易中心。

徜徉在古城区，我感觉自14世纪以来这里的一切没有发生多大变化。大多数妇女还穿着传统的羊皮外套，后背有7个蛙眼。别问我为什么有蛙眼，为什么是7个，也许只是图吉利。①古城区到处都是窄窄的巷子和木屋，木屋都用作开商店。吸引我的当地特产有印着纳西图案的棉毯、狐狸皮和野猫皮。我以前从未近距离地看过这么多兽皮。但我没打算买一只云豹皮帽，便返回宾馆收拾行装，准备第二天出发。

我没有按原路经大理返回昆明，我决定绕远路东行300公里，

---

① 羊皮披肩后面所绣的7个圆形布盘代表北斗七星，俗称"披星戴月"，象征纳西族妇女早出晚归、披星戴月，以示勤劳之意。另外一种说法认为，上方下圆的羊皮是摹仿青蛙眼睛的形状剪裁，而缀在背面的圆盘纳西人称为"巴妙"，意为"青蛙的眼睛"，这是崇拜蛙的丽江土著农耕居民与崇拜羊的南迁古羌人相融合形成纳西族后的产物。——编者注

穿着传统羊皮外套的妇女

古城老人的悠闲生活

经过金江返回昆明。在中国，坐汽车一天走300公里不堪想象，但这是我最后一次长途汽车旅行，而且我戴了耳塞，这可管大用了。因为我的座位正好在司机后面，离喇叭很近。

旅行开始得很顺利。车站的钟在8点敲响，汽车准时出发。我们驶出车站时，停车场的工作人员立正列队送行。我猜这是为了增加点仪式感。但我总忍不住这样想：这也许是向献祭给路神的一车乘客作最后的告别。我也向他们挥手答谢。

我的座位靠左边，旅行的前一段，窗外玉龙雪山白雪皑皑的雄姿伴我一路前行。天空没有一丝云彩，雪山彻底地暴露在人们眼前，看起来似乎有点尴尬。玉龙雪山是喜马拉雅山脉最东端的山峰，山脉向西一直绵延到巴基斯坦。西部的山峰大多超过7000米，相形之下，5500米的玉龙雪山要矮得多。但是和其他的高峰不同，从来没人登上过玉龙雪山。我很高兴世界上仍有些事情是人类无法做到的。

道路突然扑进了峡谷的怀抱，我的注意力转移到长江上来。如果雪山是一条玉龙，那么长江就是一条泥蛇。江水蜿蜒流过的地方失去了植被保护，我们的车也曲折驶进峡谷，越过长江，在对岸盘旋前进。政府一直大力开展植树造林，但除了零星几棵柳树，我再没看见其他的树木。

长江的源头在西去1000公里的青海省，但我们经过的地方还是上游。现在，这一段被称为金沙江。这名字与江水的颜色无关，而是指毗邻峡谷中被春雨冲刷下来流入长江的金子。我看到沿岸有一群群皮肤黝黑的男人筛选泥沙，寻找金块和金沙。这时，江水梦想着快点逃进东海，而我也梦想着赶快到金江下车。

一小时后，我们到了金江。金江的存在是因为它有个火车站，连接北方的四川省首府成都和南方的云南省首府昆明。我买到了一张火车票，是第二天上午一趟南行的区间车，然后我穿过马路，到了一家我平生见过的最烂的旅馆。这也叫宾馆？我从来没见过，更别说过夜了。不过旅行已近尾声，什么都可以忍了。我至少有个房间，还有张床。过道里还挤满了更倒霉的旅客，他们只好睡在纸板箱上。而且我第二天上了火车还有座位。火车站的一位工作人员仁慈地让我先上了车，不然我还得拼搏一番才能在地板上抢得一席之地。

这是一段悠闲的旅途。头两个小时，我们一路沿着拂晓中波光粼粼的长江前行，大约经过了上百个隧道。然后，江水掉头东流进入四川，我们继续南行进入开阔地区。我们走的路与马可·波罗1287年应大汗之请访问云南的路是同一条路。700年后，我和伟大的意大利旅行家在同一个叫"黄瓜园"的地方下车。

一出车站，我就跳上一辆面包车，赶往云南第二大著名的自然奇观——土林。云南石林最有名，主要因为它靠近昆明，而土林虽然地质构造不同，却同样令人叹为观止。土林位于元谋盆地西部，面积约为50平方公里。元谋是附近地区最大的县，但元谋县城在30公里以外。

和昆明东边的石林一样，土林也是水流侵蚀而形成的。但土林是由较软的沉积岩侵蚀而成，有些只形成一些土芽。土林入口处距高速公路6公里，道路也和土林一样侵蚀严重。入口的牌子说土林景观是在更新世①，也就是一百万年前形成的，其形成与这一地区

---

① 更新世，地理学名词，第四纪的第一个世，距今约 260 万年至 1 万年。更新世冰川作用活跃。——编者注

金沙江

土林

的人类活动也有关联。

我走进大门，喇叭里广播说我正在进入保护区。我走过门口拴在柱子上等待载客的骆驼和驴子，走上干涸的河床，穿过世界上最干燥的林区。河床上全是沙子，走起来很费力。一个小时后，我觉得看得差不多了。虽然才四月初，但太阳炽热难当，根本没有树荫——也不能说一点没有。我的力气快要耗尽时，看见一个土崖下的阴凉地里有辆驴车。几分钟之后，我坐驴车离开了土林，但还没走出更新世。

车夫把我一直送回黄瓜园，我没等多久就乘上了去元谋的汽车。元谋是我此行最后一站，在某种意义上说，也是最重要的一站。元谋是亚洲已知最早发现人类存在的遗址。1965年，科学家在

驴车

城南的一个遗址发现了两颗人类牙齿，距今约170万年（后出现争议）。

在县城的十字路口下车后，我沿着大街走了几个街区，来到一个挂着"元谋早期人类博物馆"牌子的地方。正值午饭时候，博物馆锁着门，但院子里有个管理员，他带我到接待访问学者下榻的另一座楼。我算不上什么学者，但我确实是来访问的。我心安理得地睡了个午觉，又返回博物馆。

这一次门开着，我走进去，毫不费力地发现了那两颗在古人类学家中引起轰动的牙齿。这两颗牙绝对有资格称"古"。科学家刚发现时，认为它们距今有170万年，于是元谋人被称作亚洲已知最早的人类，比北京人早100万年左右。然而，年代是个很有意思的事情，不是所有人都愿意承认：早期人类在那个年代就已经在中国大地上游走。问题在于，年代并不是依据牙齿本身确定的，而是根据发现牙齿的岩层的年代来确定。有科学家认为，也许牙齿是从别的地方带过去的。但是这两颗牙齿（至少是复制品）就在我眼前，供人瞻仰。不知为何，牙仙①没有拿走这两颗人类门齿。

可惜博物馆没能很好地提供证据，编的故事也不动听。但有个故事值得一听。自从在元谋之南100公里外的禄丰有了一系列新发现后，中国不存在早期人类的说法已经不攻自破。这些发现包括全世界最多、最全的，被称为腊玛古猿的类人猿骨骼化石。而且大多数人类学家一致认为，腊玛古猿是直立人或早期人类的直接祖先。这些腊玛古猿化石被认为距今有800多万年。几年之后，在元谋

---

① 牙仙是美国的一个民间传说，孩子们相信如果把脱落的牙齿藏到枕头下，牙仙晚上就会趁他们睡觉时把牙齿拿走，并留下孩子们希望得到的礼物，实现他们的梦想。——译者注

元谋

之外的地方又发现了一块巨大的化石岩，里面有7颗直立人牙齿。这块石头距今250多万年，而牙齿绝无可能在岩石形成后才掉到里面。这就与东非发现的早期直立人年代相同。所以，现在你知道了，毋庸置疑，元谋是人类早期的家园之一。但元谋的特别之处在于，至今这里没什么大的改变。城东的大山里仍然住着生活方式与新石器时代几乎相同的人们。

在元谋早期人类博物馆里重温了人类早期在元谋的活动证据后，我决定最后一次冒险进山。先前去博物馆时，我经过了当地一个市场，看见几个身穿传统服装的彝族人和苗族人。我猜他们的村子远不到哪里去。我从博物馆沿大街出城，道路变成了土路，只能走马车，我连续穿过几个干涸的河床。那个时候没有许可证和导游外国人不能擅自访问山里的少数民族，可我没时间去费劲办那么多手续。那天是星期天，当地政府的外事办公室肯定不上班。我要赶时间，也不想被拒绝。于是我在沙石滩上艰难地跋涉，突然看见远处有个纪念碑，就过去查看。原来这里是5000年前新石器时期的一个公社遗址，叫大墩子。据遗址上立的石碑介绍，坟墓中挖掘出了用于占卜的海龟壳。海龟壳证明了南海贸易之路的存在，也证明在中国文明早期，南北文化中的宗教信仰是相似的。我歇息了一会儿，继续向山中进发。

这是我最后一次徒步旅行。我必须在两天内回到昆明乘飞机回国，但我无法抵抗最后一座大山的诱惑。这座山叫凉山，耸立在城东10公里外的元谋盆地中。但是根本没有路，连到山脚的路都没有。我在书中看到过，凉山里居住着好几个少数民族，他们在高山上艰难度日，维持着最低的生活水平。我开始爬坡，坡很陡，我每隔几分钟就得停下来喘口气、擦擦汗。我的高度计显示，山脚处的海拔是1100米。当我最后快到达山顶时，读数是2500米。这之间的1400米我爬了将近3个小时。

同往常一样，我是孤身一人出发。但这次，我比以往任何时候都孤单，3个小时里我连个鬼影都没见到，我开始怀疑我是不是走错了路。然后，当我翻过最后一座山脊后，我看到一片泥房子。啊！终于到了文明世界，或者至少是接近文明世界了。可是，我错了。几分钟后，我走进了一个我所见过的最荒无人烟的村落。唯一的生命迹象是一条脏兮兮的狗。人都到哪里去了？

村里有20多所房子，都是用泥巴和茅草盖的，窗户朝向院内，从外面看像个堡垒。我敲了几家门，都没有人答应。最后，我发现一扇门半开着，就探头往里看。一位老妇人正站在一大群苍蝇中

凉山

间，拿着草叉子搅拌粪肥和干草。我招招手，可她似乎失明了，或者至少有白内障。还是吆喝一声管用，我问她能不能给我碗水喝，她点点头，蹒跚着走开，回来时手里拿着一勺让我不忍心看的饮用水：水面上漂着白沫。可我真是渴极了，喝完这勺水我又要了一勺。她告诉我村子叫卡金（音），住着大约100名傈僳人。据1990年第4次人口普查数据显示，中国有50多万傈僳人，几乎都住在云南西北部的大山里。但这是我第一次遇见傈僳人。显然他们更愿意住在高山上。

我问她村里人都去哪儿了，并最终揭开了谜团。原来那天是赶集的日子，大家都下山到元谋去了。这位老妇人看不见也走不动，就留在村里。我认真地考虑是否要在此住一晚，但苍蝇实在太多了，返回文明世界的念头最终占了上风。我转身回城，接下来的3个小时我只想着晚餐吃什么，冰啤酒多么好喝。

傈僳人

不用说，我一回到元谋，就痛饮了三瓶啤酒，洗去一路风尘。第二天上午，我登上了回昆明的火车，乘飞机回国。

这次旅行很不寻常。花一辈子的时间也只能探访中国西南一小部分的美景和神秘。但我来了，我看过了，我正在回家的路上。我的背包分量重了一点，而我则轻了一点。我估计大约瘦了10磅（约9斤），多亏了我每隔一天喝一次啤酒的饮食计划。我还增添了几段记忆——虽然那个从香港登上气垫船，经西江进入梧州的似乎是另一个人。

我刚开始记录这次旅途的点滴往事时，曾打算把它取名为《神秘之地》。如果中国历史始于5000年前的黄帝，那么中国南方有记载的历史也不过始于1000年前，即忽必烈在他的豪华行宫派遣他的朋友马可·波罗去西南地区一探究竟的那个时候。此后那里去过很多旅行者，包括游记作家徐霞客。那是徐霞客最后一次旅行，而我希望这不是我的最后一次。徐霞客因为身染漆毒，回家后不久就去世了。而我比他幸运多了，这多亏了交通的发达和森林的砍伐。当我乘坐的火车驶进抵达昆明前的最后一座大山时，我看到了禄丰城外山坡上的最后一座纪念碑。那是腊玛古猿的雕像，它是我们的人猿祖先，先于我800万年来到此地。我举起最后一杯啤酒，庆贺自己活着回来了。我还会再来的，这是我此时也是那时心之所想。

▶《空谷幽兰》

空谷幽兰，常用来比喻品行高雅的人，在中国历史上，隐士这个独特的群体中就汇聚了许多这样的高洁之士，而今这些人是否还存在于中国广袤的国土之上？这是一直困扰着比尔·波特的问题。他于20世纪80年代末，亲身来到中国寻找隐士文化的传统与历史踪迹，并探访了散居于各地的隐修者……

▶《禅的行囊》

比尔·波特于2006年春进行了一次穿越中国中心地带的旅行，追溯了已经成为中国本土文化的重要支脉之一的禅宗，带读者寻访中国禅的前世今生！

▶《丝绸之路》

比尔·波特和朋友芬恩结伴从西安启程，经河西走廊至新疆，沿古代丝绸之路北线从喀什出境到达巴基斯坦境内的伊斯兰堡的丝绸之路追溯之旅。让我们跟随作者的脚步，重温丝路沿线风光壮美的沙漠、长河、戈壁，牵人思绪的佛龛、长城、石窟、古道、城堡和无数动人的历史传说，领略历经沧海桑田的千年丝路文明。

▶《黄河之旅》

本书是比尔·波特深度对话中华母亲河，穿越五千里路探寻黄河源头的行走笔记，全面记录了从"白日依山尽，黄河入海流"到"大漠孤烟直，长河落日圆"的黄河流域风土人情、历史传说与古今变迁。

▶《寻人不遇》

2012年，比尔·波特又开启了一次新的旅程——对中国古代诗人的朝圣之旅。一路上，69岁的比尔·波特奔波于大江南北，寻访他所钦佩的36位中国古代诗人故址（坟墓、故居、祠堂或纪念馆）。每到一处诗人故址，他就敬上一杯酒。"古代诗人特别爱喝酒，我想，他们会喜欢我的威士忌。"

▶《江南之旅》

江南，一片孕育于长江流域特殊环境的区域，一个中国千年的文明中心。对中国人而言，江南不仅仅指地图上的某个地方，而是一个难以用语言表达的精神上的代表。它可能是种满稻子的梯田，也可能是风轻雨斜的古道，还可能是那无法再精致的菜系。带着憧憬，比尔·波特踏上了探访中国"江南style"的旅程。

图书在版编目（CIP）数据

彩云之南 / (美) 比尔·波特著；马宏伟，吕长清译.
-- 2 版 . -- 成都：四川文艺出版社，2017.9
ISBN 978-7-5411-4776-0

Ⅰ.①彩… Ⅱ.①比… ②马… ③吕… Ⅲ.①游记—
作品集—美国—现代 Ⅳ.① I712.65

中国版本图书馆 CIP 数据核字 (2017) 第 206792 号

CAIYUN ZHI NAN

彩云之南

［美］比尔·波特 著　　马宏伟　吕长清　译

责任编辑　卢亚兵
特邀编辑　张　芹
内文设计　史小燕
封面设计　叶　茂
责任校对　蓝　海

出版发行　四川文艺出版社（成都市槐树街 2 号）
网　　址　www.scwys.com
电　　话　028-86259287（发行部）　028-86259303（编辑部）
传　　真　028-86259306

邮购地址　成都市槐树街 2 号四川文艺出版社邮购部　610031
排　　版　四川最近文化传播有限公司
印　　刷　三河市中晟雅豪印务有限公司
成品尺寸　145mm×210mm　1/32
印　　张　7.75　　　　　　　字　　数　180 千
版　　次　2017 年 10 月第二版　印　　次　2017 年 10 月第一次印刷
书　　号　ISBN 978-7-5411-4776-0
定　　价　48.00 元